残虐记

[日]桐野夏生　著

烨伊　译

海南出版社

·海口·

ZANGYAKUKI by Natsuo Kirino
Copyright © 2004 Natsuo Kirino
All rights reserved.
Originally published in Japan by SHINCHOSHA Publishing Co., Ltd., Tokyo.
Chinese (in simplified character only) translation rights arranged with Natsuo Kirino, Japan
through THE SAKAI AGENCY and BARDON CHINESE CREATIVE AGENCY LIMITED.

中文版权：© 2023 读客文化股份有限公司
经授权，读客文化股份有限公司拥有本书的中文（简体）版权

图字：30-2023-016号

图书在版编目（CIP）数据

残虐记 / (日) 桐野夏生著 ; 烨伊译. — 海口：
海南出版社, 2023.7（2023.10重印）
（读客悬疑文库）
ISBN 978-7-5730-1174-9

Ⅰ. ①残… Ⅱ. ①桐… ②烨… Ⅲ. ①推理小说 – 日
本 – 现代 Ⅳ. ①I313.45

中国国家版本馆CIP数据核字(2023)第094486号

残虐记
CANNUE JI

作　　者	[日]桐野夏生	
译　　者	烨　伊	
责任编辑	陈淑芸	
执行编辑	徐雁晖	
特约编辑	宋　琰　　徐陈健	
封面设计	朱雪荣	
印刷装订	嘉业印刷（天津）有限公司	
策　　划	读客文化	
版　　权	读客文化	
出版发行	海南出版社	
地　　址	海口市金盘开发区建设三横路2号	
邮　　编	570216	
编辑电话	0898—66816563	
网　　址	http://www.hncbs.cn	
开　　本	880毫米×1230毫米 1/32	
印　　张	6.75	
字　　数	114千字	
版　　次	2023年7月第1版	
印　　次	2023年10月第2次印刷	
书　　号	ISBN978-7-5730-1174-9	
定　　价	45.00元	

如有印刷、装订质量问题，请致电010-87681002（免费更换，邮寄到付）

成为他人想象的对象，一定令你感到屈辱。

文潮社出版部图书编辑

史荻义幸先生

敬启

史荻先生，展信安好，顺颂清安。

初次写信给您，请原谅我的冒昧。我是小海鸣海，也就是生方景子的丈夫。妻子平素承蒙您关照，不胜感激。

此番写信叨扰，实属不得已而为之。容我事先说明，但愿这封信不致令您受到惊吓。

其实，妻子已经失踪两周了。她原本只是出门去散个步，却一下子就不见了。两周以来，她音信全无，说我毫不担心，那是不可能的。可是，妻子毕竟性格变化无常，我提心吊胆，却相信她总有一天会回来。万幸的是，她似乎已事先推掉了杂志连载等工作，没给大家添麻烦，这令我放心不少。

随信寄去的书稿《残虐记》，是妻子打印出来放在桌上的。书名旁边贴着一张便笺，上面写着："请寄文潮社史荻先生"。我想您也许正等着这本稿子，便将它寄给您。这张便笺是妻子留下的唯一字据，我不知道她究竟遇到了什么事，但或许和书稿中的内容有些关联。

坦白讲，我犹豫再三，才将这部书稿寄给您。首先，我不确定妻子是否真想把书稿寄给您。其次，我担心妻子失踪一事会就此泄露出去——我知道这样想对您很不礼貌。另外，我还担心某个一直不为出版界所知的事实，会就此暴露于青天白日之下。这部书稿中提到的案件是明白无误的事实。我前面写到，担心这封信会给您带来惊吓，就是因为这个。

妻子原名北村景子，十岁时被一个男人绑架，囚禁在房间里长达一年之久。后来男人被捕，妻子平安获救，案件也已经了结。妻子借升初中的机会远迁，在新的地方住下。自此，周围没有人知道作家小海鸣海曾是囚禁案的受害者。据我所知，妻子对那起案件噤口不言。其出道作品《犹如泥泞》中提到了一起罪案，但在我看来，作品是以妻子被绑架前发生的一起杀人弃尸案为主线展开的。

印象中，当时的确有评论称，书中的内容不免让人联想到几年前发生的一起幼童囚禁案。我也记得妻子对我说过，您作为她出道作品的编辑，曾真诚地向她发问："你有着普通高中生没有的成熟，之前到底经历过什么呢？"那之后的十七年里，您一直负责妻子的作品。我不清楚您与妻子究竟畅所欲言到什么地步，但对于那起案件，恐怕妻子一句话也不曾和您提及吧。

然而，妻子的沉默却被一封信轻易地打破了。那个犯了罪的男人用漫长的二十二年偿还了自己的罪孽，出狱后给妻子寄来一封信。我已将《残虐记》读完，但还是不明白究竟是信中的哪个地方让妻子突然回想起当年的罪案，从而消失无踪。我忍不住悲哀地担忧，被妻子封印在心中的记忆会因这封信而复苏，并清清楚楚地重现在她眼前。身为丈夫，我深感无力，但还是打算等妻子回来。

男人的信附在《残虐记》的第一页上。我想它也算是作品的一部分，于是特意保留原样寄出。虽然不愿多做猜想，但万一妻子有什么不测，我还是希望能和您协商处理这份书稿，所以先给您寄去。日后再电话与您联系。

书不尽言，就此搁笔。

生方淳朗

残虐记

小海鸣海

小海鸣海老师

敬启

抱歉突然写信给您。

信封上的姓名是假的。如果写下我的真实姓名，您也许就不会读了。对不起，我说谎了。我的谎言到此为止。

接到我写的信，您一定吓了一跳吧？保护司[1]原田老师曾严厉地警告过我：绝不能给被害人写信或以其他方式和对方取得联系，要是这么做了，会被抓回牢里的。但我实在很想给您写信，最终还是写了。请您不要扔掉这封信，一定要读到最后。

去年，我从仙台监狱出狱。听说扣去拘留的时间，我在仙台监狱待了二十二年八个月零十二天。时间过于漫长，以至于我都记不清到底待了多久，准确的天数是保护司原田老

1　保护司：根据日本法务大臣的委任，为帮助罪犯改过自新，并努力预防犯罪而从事保护观察工作的民间人士。——译者注（本书中注释若无特殊说明，均为译者注）

师告诉我的。

坐牢的时候，我就想着有一天要给您写信，于是借了很多书来学习，可只记住了一丁点儿汉字的写法和词汇。狱警和同一间牢房的狱友们都说我脑子不好使。总之，我写不好汉字。我在监狱里总受欺负，也干不好活儿，经常住进监狱里的医院。这应该也是我记不住日期的原因之一。

现在，我在原田老师的介绍下，在一家医院做清洁工。医院总务科有一个叫木村的人，像狱警一样可怕。他命令我叫他"木村老师"。我稍微惹他生气，他就对我拳打脚踢。但我可以自由地到院子里去，所以和监狱相比，我并不讨厌这里的生活。这里的冬天会下很大的雪，非常冷，但雪冷不过钢筋水泥。我住在医院旁边的宿舍里，三餐就在医院的食堂吃。食堂里有个叫熊谷的老太太对我很好，我很喜欢她。前两天她还偷偷给我布丁吃，只给我吃。我问她为什么要给我布丁，她说："今天是你五十岁的生日吧？"熊谷人很好。

我的工作主要是打扫院子和医院后面的仓库。打扫仓库的时候要戴口罩。他们告诉我，扔注射器的时候一定要小心，不然就会被针头扎破手指。所以我有点儿害怕处理它们。我戴着手套，但针尖仍会透过手套的织线缝隙扎进来。这时木村就会说："你的手要是铁的就好了。"他的意思是，如果手是铁的，就不会被针伤到了。但我不禁想起以前在钢铁工厂干活儿的事，突然控制不住地哭了起来。为什么我会哭呢？我想，一定是因为我想起了您。您不想听我说这些吧？如果不想听，我就不写了，虽然我很想写。

到了叶落的季节，我每天都扫出很多枯叶，可第二天，同样的地方又堆满了落叶。我觉得，这真是奇怪。就这样，我和住在监狱里时一样，渐渐忘记了时间的流逝。我搞不清楚昨天、前天、大前天以及更早的时候，究竟发生了什么。而且现在天黑得早了，天一黑，我就有点儿难过，不知不觉变得很忧郁。到了冬天，一下雪，哪里都是一个样。那时候，我就又弄不清楚日子的变化了。

我一直想给您写信，却一直没有写成。现在我之所以写了信，是因为见到了您的照片。有一天，木村老师边吃便当边看报纸，我在报纸上看到了您的脸。无论过去多少个十年，我都不可能忘记您的脸。我激动地问木村老师这个人是谁，他笑着说："这是一个很活跃、很了不起的小说家，名叫小海鸣海，跟你半点儿关系也没有。"那张报纸被木村老师扔进垃圾箱，还在上面倒了茶叶。虽然湿了，后来我还是把它捡出来晾干，保存起来。

您改掉了以前的名字，这让我很不习惯。以前您是小美，现在却成了小海鸣海。还有，小说家就是写小说的人吧？我不太喜欢小说家，因为我没读过小说。坐牢的时候借过一些书来读，但读不明白。我问同一间牢房里的前辈：为什么我读不明白呢？前辈说："因为小说都是假的，你分不清哪个是真，哪个是假。因为你脑子不好使。"

我知道我不聪明，可您为什么要说谎呢？我真的不懂。难道您把和我的过往也变成谎言写出来了吗？想到这里，我就担心得不行。我难过极了，几乎要发火了。

在监狱里，我经常想起您来。不是那种下流的想。我想的是：自己做过的那些究竟算什么。另外，我还想向您道歉。我知道，您一辈子都不会原谅我的所作所为，但实际上，我不太明白您为什么不肯原谅我。而且，您长大了，写着这种我看不太懂的小说，这也令我难过。您好像变成了一个会说谎的大人。

保护司原田老师告诉我，我是偿还了罪行才出狱的。可我不知道自己是否真的偿还了。唐泽律师批评我，说我反省得还不够。也不知道为什么，和之前相比，我的脑子好像真的差了许多。所以，这是我给您写的最后一封信。您放心，我不会再写了。

老师，真的很对不起。但是，您不必原谅我，我想，我也不会原谅您。请多保重。

安倍川健治

- 1 -

　　健治的信混在出版社转寄的三封读者来信中，一起寄了过来。每封读者来信都要先经过编辑拆封，确认没有恐吓内容，也没有夹刀片之类的东西才送到我手中，可似乎只有这封信逃过了确认的步骤，直接寄了过来。与其说这是编辑的怠慢，不如说是健治想和我取得联系的心意过于笃定，赋予了他的信无与伦比的好运气，避开了外界的干涉。要不然就是因为我不是什么德高望重的大作家，编辑事先没有仔细检查。

　　信的收件方填的是出版社的地址，信封背面写有日本海一侧一座小城市的某家医院的名字。寄件人的名字是"熊谷健"。信封上的文字很明显出自女人之手，应该是那位姓熊谷的好心人写的。信中也提到了她的名字，看来对方是把自己的姓与名都借给健治了。信纸是在超市就能买到的那种极为普通的款式，应该是用便宜的蓝色圆珠笔写的。健治的字迹生硬，下笔异常用力，字形清清楚楚地透到了信纸的背面，仿佛在彰显这个男人肉身的邪念。我拿着信，一时间茫然无措。

令我感到冲击的，不只是犯人写下的那句"您不必原谅我，我想，我也不会原谅您"，更重要的是，时隔二十五年，我再次意识到自己是一名案件受害者。那是一种栩栩如生的感受——某种来历不明的东西近在咫尺，强势地侵犯了我的生活。首当其冲被侵犯的并非我的意识，而是生活本身，是活生生的肉体。我原本正常睡觉、吃饭，过着平平安安的日子，这样的生活突然被那个东西打破、掠夺。我在它的强迫下变成了另外的模样，它的蛮横令我深深恐惧。意识往往在生活急剧变化之后才漫不经心地出现，为的是让人整理好自己的情绪。我认识到这一切只是一种惊悚的个人体验——就算我把它们说出来，又有什么用呢？于是，我选择噤口不言。

成为小说家，对我来说或许是一种必然的选择。小说家的生活拒绝任何人闯入，写小说时，我可以削尖自己，化为一件武器深深地杀入作品，无须顾及其他。

可是，健治为何会有"您不必原谅我，我想，我也不会原谅您"这种想法呢？是因为我成了一位满嘴谎言的小说家吗？我将那封反复读了好几次的信放在书桌的一角，陷入了沉思。书桌的景致因为这一封信完全变了，无论是电脑还是墙上的画、桌上的花，都失去了现实的质感，褪去了原本的色泽。那封信不同寻常。我渐渐弄不清健治究竟是谁，也弄不清自己究竟是谁了。

正如信中所写，我是一位小说家，笔名小海鸣海。今年三十五岁的我，十六岁便早早出道。那是高中一年级的末尾，我的处女作《犹如泥泞》被称为"留名文学史的惊人之作"。在一名女高中生的笔下，一个年轻男人残暴的性欲展露无遗，这部作品博得世人盛赞，作者和作品间的巨大反差令读者深深着迷。

凭借《犹如泥泞》摘得著名的新人奖后，我发表了一部又一部引人注目的作品，更新了无数奖项的最年轻得奖者纪录。有人叫我"早熟的大家"，还有人说我是"惊艳的天才"，二十岁出头的那些年，我就在这些令人肉麻的溢美之词中度过。

我的华丽出道溅起了过大的水花，于是我竭力避开公众的目光生活。有过那种经历的我，尤其擅长隐姓埋名。渐渐地，人们似乎认定我不善与人交际，终于对我不闻不问。

我没上大学，也没有亲密的朋友或恋人，几乎连门都不出。想来我和健治一样，一直生活在孤独的囚牢中，孤僻的性格至今仍然没变。我没有丈夫，也没有孩子，不养猫狗，也不喂鸟，在东京市郊靠近埼玉县的一栋公寓独居。

但如今的我，只是一个被剥除全部赞誉的普通作家。炙手可热的时候，我的收入相当可观，足以买下好几套独栋的房子；而现在的年收入，却和那些蜷缩着身子匆匆赶去车站上班的人相差无几。不是我偷懒不工作，也不是大家厌倦了成人后的我，而是因为我成了一个尽人皆知、却只能在文坛边缘立足的作家。

尽管没人当面和我说过，但毫无疑问的是，大家都在暗地里交头接耳，说我的才华已经枯竭。因为我不给文艺杂志写稿子，只是偶尔在女性杂志或通信购物公司的推广刊物等地方发些随笔糊口。我这个被健治批判以编造谎言为生的小说家，已经写不出小说了。

这讽刺的现实略微缓解了我紧绷的情绪。然而，健治出狱后寄信给我这件事对我来说，依然是沉重的打击。本以为已经埋葬了的过去，又改头换面、悄无声息地破土而出。那是二十五年前的案子了。为什么我还想隐瞒它的真相呢？不，我还有更大的疑问。我为什么会开始写小说？还有，健治究竟是个怎样的人？

我知道，无论怎么想我都得不出答案。今日的思考不会成为昨日结论的延续，我也无法为了明日的结论去挖掘今日的思考。虚无的念想只在我的身体里转成螺旋，一圈圈地打转，就像每天都有不同的风吹走地上的尘埃，把它们吹向不知名的远方一样。我忽然想起健治工作过的钢铁工厂，想起落在工厂地上的螺旋状铁屑。我有二十五年没有想起这些了。健治寄来的信也许在提醒我：是时候将那些思绪和回忆写下来了。因为这也许是写不出故事的我，写下的最后一个故事。

我事先声明，这不是小说。我写这部作品，是想验证自己对二十五年前那段经历的记忆，并审视经历那段往事后的自我。健治在思考由他引发的那起案件，我也将思考曾因健治卷入案件的自己的命运。如此一来，再没有人能阻挡回忆的螺旋，它将如豌豆的藤蔓一般，旋转着伸向天空。

毫无疑问，那是一起重大的犯罪案件。简明扼要地说，我十岁时，遭到一个名叫安倍川健治的二十五岁工人诱拐绑架，在他家中被囚禁了一年。由于健治还犯有其他罪，法庭对他进行精神鉴定后，严厉地判处了无期徒刑。

我不清楚健治为何在服刑中被释放，也不确定他现在是否在日本的某个地方过着近乎被软禁的生活，但无论如何，他肯定还活着。不过，目前我写下的内容并未超出媒体对案件报道的范围。也就是说，没有任何人知道案件的本来面目。

无论面对警察、父母还是精神科的医生，我都对案件的真相只字不提。如果说年幼的我没有讲出真相，是因为不想撒谎，那么此时此刻，我这个被健治指责为"骗子"的小说家，又在做什么呢？

现在，我打算写出真相。唯一让我感到安慰的是，就算我死了，这些文字也会保存在电脑里，不会让任何人看到。

我的童年没有太多幸福的回忆。也许会有人提出一针见血的质疑，认为是那起案件扭曲了我的世界观，但是，大部分人的孩提时代不都是被笼罩在昏暗的阴影之下吗？因为孩子只有将大人的阴影照单全收的份儿。并且，我身边的大人的确没有让我过上幸福的生活。

我在M市出生长大，那里距离Z县县厅所在地Z市，乘电车大概三十分钟路程。M市人口约十五万，坐落在以山形俊美闻名的Y山山脚。由于地质以火山灰地为主，这里不太适合农作物生长，但城市利用T川丰沛的水量发展制丝产业，多年来已成为全国闻名的生丝直接产地和集散地。或许正是这样的历史文化，孕育了一批精明能干、趋利避害的商人。养蚕业衰落之后，这片土地上的人们又积极发展纤维、电机、食品等产业，招商集资，建起新的工业区，养活了一代又一代人。

招商集资为城市带来了新的人口。对传统的制丝业者，也就是祖祖辈辈居住在这里，家业曾经盛极一时的主流派人士来说，新居民无论搬来多久，始终都是外乡人。不少人对新居民心怀戒备，认为他们迟早会离开城市，甚至可能引来犯罪，使城市衰落。所以，城市居民明显分为新老两派。本可以脱胎换骨、成为崭新的工业都市的M市，剥下外衣，仍旧是封闭在农村守旧习俗中的传统小镇。这就是生我养我的地方。而我们一家是新流入的工业劳动人口，也就是外乡人。

我家在流经M市北侧的T川岸边，而父亲在一河之隔的对岸K市工作。那里有一家大型食品加工厂，他每天开家里的老车子去上班。K市是一个人口不到五万的小城，街道杂乱无章，除了父亲的工厂规模较大，其他工厂大多是小型的钢铁厂或小作坊。为了更好地共存互利，各厂商之间自发地做了区域划分，电机厂、木工厂等大型工厂都在M市，小的供货工厂则在K市。因此，K市的空气中总是飘荡着一种漫不经心的气氛，街道和居民都有股凉薄的气质。

M市的老居民不情不愿地接受了大型工厂和随之而来的新家庭，对K市的居民却到底是冷淡的。只要得知对方是K市人，立刻明显地表现出自己的嫌恶。这种态度倒不单单因为 K 市净是些小作坊，还因为 K 市有许多让工人寻欢作乐的娱乐场所和红灯区，如夜总会、妓院、小酒馆……K 市还是一座勤劳与享乐的城市，那里居住着粗野的工人们，以及从全国各地赶来，想要掏空他们腰包的风尘女子。

在父母的管教下，我很少去 K 市，只跟着父亲去过一次。

那是我小学二年级的春假，想不起和父亲一起去 K 市的缘由了，但我记得河对岸，也就是我住的 M 市那一侧的河堤上开满了樱花，所以他可能只是想换个地方带我赏樱。

K 市和我住的地方只隔着一条河，风景却截然不同。正午的街道寂静无声，一个人影也没有，只有悠闲地横穿马路的小猫小狗。我嚷着口渴，父亲想找一家合适的店，但压根儿寻不到适合带孩子去的饭馆或咖啡厅，路边到处是当日还未开始营业的小酒馆。听说工人们住在工厂里，午饭和晚饭都在厂子里简单解决，很少外出用餐。

"所以呢，K 市的大部分店铺都得到傍晚时才开。"

听了父亲的话，我开始想象 K 市的夜晚。霓虹灯闪烁，醉醺醺的男人们吵嚷着走在路上。在我幼小的心里，这幅想象中的图景是淫邪的。但白日里惹人注目的却是那些皮肤粗糙、不施粉黛、阔步走在街上的女人。这些女人到了夜晚，也会化上漂亮的妆吗？我一面想，一面紧紧握着父亲的手。

"你看，樱花！"

父亲指着河对岸。T 川的河堤上是大片盛开的樱花，白茫茫的，像低垂的云朵。云朵之间，能看见我住的小区。阴沉的天空下，一片白色的樱花和灰色的建筑群让我不禁感叹，自己竟然住在如此无趣的地方。不过，终归比 K 市好了许多。我回望这座西部电影中才会出现的幽灵都市，正巧有一个女人路过，她身上那件白色连衣裙怎么看都像是睡袍。女人迎着我震惊的目光，做了个挥手驱赶的动作。

那时，健治正在 K 市的一家只有两名员工的小钢铁工厂工作，住在工厂的宿舍。

我在 M 市郊区的一个巨大的住宅区出生，并在这里长大。

伴随着工厂的引入，工人家庭越来越多，这个住宅区就是提供给这些家庭的。当时，罕见的十层大楼三栋一排，组成一个扇形。扇骨那枚钉子的位置是一座大而无当的公园，煞风景的交流中心建在里面，还摆放了一些五颜六色的游乐设施。交流中心一直在举办理事会和儿童会的各种活动，但其原本的目的是为住在狭窄房间里的居民们提供一个办丧事的场地。可是，这里的居民大都是年轻父母带着孩子的小家庭，我小时候见识过的葬礼只有屈指可数的几次。

光是小区的居民人数就已接近两万，整个小区的生活状态有如一座蓝领的孤岛。住宅区里新建了小学、初中和超市，人们不出小区，也能满足生活的全部需求。但是，大部分家庭都子女成群，过着紧巴巴的日子。孩子去上学后，家庭主妇便出门给附近的农户收庄稼、打包，做一些零工贴补家用。

小区的户型一律是四叠半的饭厅加厨房，两个六叠榻榻米大小的房间，以及独立卫浴。家家户户都是同一种布局，家庭结构也大致相同，因此站在楼下看楼上的阳台，会看到有意思的一幕：每户的阳台一角都有一只简易的塑料置物箱；天气好的时候，大家一齐晒被子；到了五月，每个窗口都飘着小小的鲤鱼旗；七月则换成乞巧节的装饰；暑假时，阳台上全是牵牛花的花盆，孩子们的暑假作业之一就是写牵牛花的成长日记。

我家那两个六叠大小的房间，一间是父母的卧室，另一间用作客厅。客厅里摆着一架立式钢琴，母亲每天时不时就去弹一弹。我睡在摆满了家具的客厅里，不把被褥铺在钢琴底下，就没地方睡觉。尽管住得如此拥挤，我也从未想要拥有一间自己的房间。因为每户的房型都一样，毋宁说我还为自己是独生女而感到庆幸。

父亲每天要跨过架在 T 川上的大桥，去 K 市那边的杯面工厂上班。有时会在下班路上，和一起干活儿的工人去 K 市的花街柳巷喝些便宜的酒。这样的晚上，父亲一定会一脸愁云。因为母亲总会逼问："你为什么要去那种地方喝酒？回市内喝不行吗？"

父亲抱怨过："M市也有传统的娱乐街区，但那是给祖祖辈辈住在市里的富人和白领们开的，不是我们去的地方。"喜欢M市中心的老牌百货公司和高档餐饮店的母亲，大概无法理解父亲为何偏要去K市那样粗俗的小巷寻欢作乐。

我上幼儿园后，母亲开始在家教钢琴。音乐是她唯一的兴趣，也是她引以为傲的东西。她曾梦想着长大后要在自己家开钢琴教室，但也就是利用做家务的空闲教教附近的孩子，不可能办正式的教学班。

家里没有足够的空间让母亲实现她的凤愿。学生一来我就无处可去，只能去楼道里待着。我在楼梯间铺上坐垫，坐在上面等课程结束。冬天外面太冷，我便将自己关在浴室，坐在空浴桶里看书。

跟母亲学钢琴的孩子，都和我一样来自蓝领家庭，父母在食品工厂或电机厂工作。因此，来我家拜访的大人和来听课的孩子都有一种空落落的表情，像无根的浮萍般无依无靠，再不然就是言谈话语间显得信心十足，缺乏安定感。那时的我，脸上的神情一定也和他们一样。

我的母亲是个丝毫不接地气的人。有个词叫作"合乎身份"，但对不明白何为"身份"的母亲来说，这个词根本毫无意义。

母亲说过，她不愿被埋没于工厂的员工宿舍。她总是过分打扮自己，喜欢穿显眼的衣服，干博人眼球的事，而且往往是有些戏剧化的事。她把头发染成褐色，每当她穿着及至脚踝的长裙，裹着红披肩，涂着蓝色眼影，戴着夸张的亮耳环，矫揉造作地走向超市时，都会收获附近的人的目光。或许是年轻时开过几次演奏会的余热一直未退，她常年由内向外散发着热量。

母亲在家时，经常从早到晚吊嗓子。一会儿是合唱练习曲[1]，一会儿是歌谣。如果邻居对她说"听到你唱歌了"，她就笑嘻嘻地等着人家夸奖。若是对方不做评价，她就灰心丧气地怨恨："听见了却不说好。他们肯定觉得我是音乐学院毕业，爱摆架子，故意刁难我。"

像住宅区这样的地方，居民之间的关系都差不多，母亲对现实生活缺乏了解，使她很容易成为人们排挤的对象。事实上，我被诱拐后，究竟有多少人真的帮忙找过我呢？我一直对这件事持怀疑态度。

1　合唱练习曲：德国音乐家弗朗茨·维尔纳教授合唱规则的《合唱教本》，作为声乐入门书闻名。

小时候，我一直因为母亲受到别人的挖苦和嘲笑，但那时我并不明白这一切，也不知该说是幸运还是不幸。不过，饶是年幼，我还是能感受到母亲和别人不同，并因此觉得不自在。而父亲是一个连恨别人都做不到的蓝领技术工人，胆小怕事，一心扑在杯面干燥葱的研发上。

直到小学四年级秋天，案件发生前，我都跟着母亲学钢琴，还被迫去隔壁街区上芭蕾舞课。小区里只有我一个孩子去那里学芭蕾。

就像母亲教声乐和钢琴一样，我们小区也有芭蕾舞教室。芭蕾舞课每星期在交流中心里开一次，母亲亲自去观摩后，悄悄对我说：

"竟然穿着灯笼裤跳芭蕾舞，不是成了练体操的了吗？那个老师不行。手臂伸不直，上升[1]的时候脚后跟也没有完全立起来。"

就这样，我被送去隔壁街区的芭蕾舞教室学习。渐渐地，我学会用远比母亲严肃的目光，不避讳地凝视现实。有这样一位母亲，我什么都不做就已经很显眼了，往返于芭蕾舞教室的路上，还要被小区的孩子欺负。女孩指着我绾在后脑的发髻，嘲笑我"装模作样"；男孩学着母亲哼的合唱练

1　上升：芭蕾舞中踮起脚尖的动作。

习曲发出怪声嘲笑我。我走到哪里，他们便跟到哪里。还有比我大的孩子，笑话我跳芭蕾舞时穿的粉色紧身衣颜色"像猪一样"。

我总是低着头，匆匆赶往公交车站。我就是在从芭蕾舞教室回来的路上被健治诱拐的。得救后，我想：附近的孩子们恐怕只是吓了一跳，但他们绝不会同情我的遭遇。

在芭蕾舞教室，我也被住在隔壁街区的少女们彻底无视了。隔壁街区是 M 市的白领居住区，芭蕾舞学员以公司员工、公务员、教师、富裕农户的小孩为主。少女们像绕得解不开的线团一般亲密，抱团行动。见我走进教室，她们飞快地瞟我一眼，立刻交头接耳地说几句话，然后哄然而笑。也许是在嘲笑我土里土气的衣服或呆头呆脑的模样吧。我被嘲笑，自然不甘心，但她们的嘲笑不只如此。

一天，我跳完舞，有个人难掩失望地说了句耿直的话："你特意从新街区那边过来，我还以为你跳得有多好呢。"在很长一段时间里，我没发现这句话便是引发她们对我反感的导火索。我并不喜欢跳芭蕾舞，不过是在母亲的要求下不情不愿地学的。原来这一点讨了她们的嫌。假如我是爱芭蕾爱到要来旁边的街区学，并且学得很用心的话，她们肯定会接受我。看来，即便是小孩子的友谊之中也伴着尊敬。听说她们知道我是在学舞回家的路上失踪后，先是面面相觑，然后轻轻地笑了笑。

总而言之，小时候的我经常格格不入，并且从未意识到自己是个异类。等意识到了这一点，我便深切地感到了母亲对我的影响。我不喜欢母亲，但实际上，作为她的小孩，我应该和她很像。

我的芭蕾舞老师是一个单纯的女孩，当时刚刚二十岁出头。她柔软的身体穿着淡紫色或淡青色的紧身衣，还经常搭配紧身衣的颜色，套上不同的乔其纱碎花短裙，独占了班上少女们的艳羡目光。少女们找遍 M 市，也没见到哪里有卖如此时髦的芭蕾舞服装，于是买来乔其纱的布匹，按各自所好做成短裙，模仿老师的打扮。孩子们自己当然做不出斜纹薄纱的短裙，只好央求父母代劳。当时的情况，就是这样令人哭笑不得。而我总穿着黑色的紧身衣，即使不愿意，也在学生之中十分显眼。而这些，母亲都无从知晓。

案件发生在十一月的一个黄昏。芭蕾舞课五点结束的时候天已经全黑了，所以多数学生的母亲会来接孩子，但我总是独自乘上公交车回小区。唯独那天，我没在新街区那站下车，而是坐着车过了 T 川。连我自己也不知道为什么要这样做，顶多记得那天芭蕾舞教室的学生们因为紧身衣的缘故，叫我"乌鸦"。

我乘公交车经过 T 川，抵达 K 市的终点站。但事后我听说，当天公交车上没有乘客对我有印象。据说他们异口同声地做证，当时车里没有小学生模样的女孩子。所以警方认为，上完芭蕾舞课，在回家路上忽然失踪的我，是在公交车站独自等车的时候被私家车绑走的。M 市的警察在 K 市草草搜找一番，他们定错了大方向，查的净是村镇中有私家车的人，这也是我没有立刻被找到的原因之一。听了这些，我百思不得其解：那辆公交车上有那么多下班回家的成年人，还有立着衣领的高中生，他们到底在看什么呢？

那天我没在公交车上睡觉，像普通的小学四年级女生一样，极不老实，一直动个不停：一会儿看看其他乘客的脸，一会儿摘下辫子上把头皮拽得生疼的发卡，一会儿摸摸装在练舞背包里的漫画，一会儿因为其他同学喊我"乌鸦"而轻轻叹气……我的发卡掉在旁边中年男人腿上的通勤包上，他不是还将它捡起来递给了我吗？到了 K 市的终点站，司机从后视镜里看乘客下车的时候，我不是还和司机对视了吗？

如果那天真的没有乘客注意到我，是不是代表他们的潜意识想要将我抹去呢？虽然不清楚具体的理由，但一定与我是个立刻会被恶意包围的小孩有关。在小区、学校、芭蕾舞教室也是一样。是我的长相容易使人厌恶吗？还是我的表情或举止有问题？也许是我遗传了母亲身上某种不接地气的气质，惹得大家不高兴却不自知吧。我身上有一种并不碍眼，但令人不悦的气质，使人们想要抹去我的存在。

也可能是我还在公交车上的时候，健治殷切的渴望就已经开始发挥作用。健治的渴望——那是他想拥有可爱的小东西的呐喊。只要是可爱的、小的东西就行，是狗、是猫、是小鸟都行。事实上，这些小东西的尸骸就埋在工厂的后院。是的，埋在一个可爱的、小小的人儿身旁。

当公交车驶入小区前的车站，开始减速时，我眺望着河对岸K市的满城灯火。灯光闪闪烁烁。K市最高的建筑上挂着夜总会的巨大霓虹灯牌，在霓虹灯管的围拢中，穿泳衣的女人列队舞蹈，抛着飞吻。我不想回家。不，准确地说，是不想见到做晚饭的母亲。

我的母亲性情无常，做饭时总是皱着眉，动作粗暴。她从碗橱里拿出碗盘时，食器发出咔嚓咔嚓的碰撞声。她猛地拉开抽屉，狠狠抓起一把筷子。马铃薯滚落在水槽里，菜刀在案板上铿铿地发出刺耳的声音。年幼的我无论如何也无法理解，喜欢动听的歌曲、会陶醉地弹钢琴的母亲，在生活中为何要发出如此刺耳的声响。平时母亲做晚饭时，我必定会打开电视，沉浸于节目之中。但上完芭蕾舞课回到家，就会正面撞上母亲做晚饭的情景。那天晚上，我不想见到母亲的那一面。

我突然很想去接父亲。父亲一定会在K市的馆子里喝了酒再回去。虽然不知是哪一家，但只要一家家地找，肯定能找到。于是，我没在小区那一站下车，怀着期待与不安，忐忑地过了架在T川上的桥。

夜晚的K市不再是我两年前白天见到的模样。那时的它宛如一座幽灵之城，到了晚上却到处是橘色、粉色的暖色系招牌和霓虹灯箱，简直像一座游乐场。寒风瑟瑟的街上人头攒动，不知他们都是从哪里来的。穿工服的男人们成群结队地在店前询价，女人们都穿着薄薄的短裙站在门口揽客。一个皮肤浅黑的女人向我眨眼，她好像是个菲律宾人。这样的K市，和几年前大相径庭。我高兴起来，在那家店门口站了一会儿。

可是，警方在这里也没有得到目击过一个小女孩的证词。那天晚上的我混在大人们中间，和他们一起走走停停，他们却压根儿没看见我这个小孩。不过，如今的我可以理解那群人。阴郁的大人眼里，根本看不到孩子。可健治和他们相反。对他来说，成年人不过是街景的一部分，他的眼中只有孩子和小动物。

有人轻轻拍了拍我的肩膀。我吃惊地回过头，只见一个年轻的男人抱着一只大白猫站在我身后。他身穿灰色的夹克衫和工作裤，脚踩拖鞋，袜子有点儿脏，脚尖的位置破了洞。蓬乱干燥的头发垂在额前，八字眉，整张脸看上去傻呵呵的。眉毛下面的小眼睛望着我，闪着和蔼的光。那个菲律宾女人指着他怀里的猫说了些什么，但男人看也不看她一眼，再次举起猫的前爪，碰了碰我的头发。我按着头发笑了。

"吓我一跳。"

男人不说话，举着猫的前爪做出招手的姿势：来，来。我觉得很有意思，被猫吸引着跟在他身后。男人学着猫叫：

"喵呜——喵呜——"

"你学得好像呀。"

"像吧！"

刚拐进一条昏暗的小巷，猫就从男人手里跳下去跑走了。

"它跑啦！"

霎时间，一块黑布裹住了我的脑袋，我搞不清发生了什么事。男人捡起掉在地上的练舞背包，将我扛在肩上往前跑。他健硕的肩膀顶到我的肚子，很疼。可我根本叫不出声，只是想着：怎么办，怎么办？一定要告诉爸爸！想到自己可能会被杀掉，我不禁发出一声惨叫：

"爸爸，救命！"

男人隔着布袋捏了一下我的大腿。疼痛和被捏住的感觉袭来，我吓得发抖。直觉告诉我这个男人将对我做出令人极为厌恶的事，然后将我杀掉，扔进 T 川。要是这样，可该如何是好？五年前，就有一个和我上同一所小学的男生被人连自行车一起扔进河中溺死。男人见我安静下来，愉快地低声学着猫叫，放慢了脚步走在路上。"喵呜——喵呜——"不知道走了几分钟，开锁的声音传来，然后是上楼的嗵嗵声。又开了一道锁。布袋里的我被放下来。男人没有解开布袋，转身开灯，上锁，在屋里转来转去。布袋倏地被取下来，强烈的光线令我眯起眼，一下子吐了出来。中午在学校吃的面包和炖菜弄脏了榻榻米。

"真拿你没办法。"

男人用黑色布袋擦掉呕吐物，打了我的头。他没有用力，但那态度就像对待犯了错的小动物。我不免浑身颤抖，全身起了鸡皮疙瘩。

"不许出声哦！"

我不住地点头表示明白，用手理了理呕吐时弄脏的头发。头发和手指都沾上了难闻的味道，我却不敢提出清洗的要求。早知道就不在车上散开编好的头发了——我想起这种无关紧要的事来。没多久，大事不妙的感觉就占据了脑海，我又不能思考了。男人将黑色布袋装进塑料袋，扎起来放在玄关的水泥地上。袋子扎得很难看。男人似乎认为已经收拾完毕，拍了拍手，转身面对我。

"今后你就住在这里了。"

我哭了，但听了男人的话，没有哭得很大声。男人歪着头看我，似乎在观察我的反应。当时的我只有十岁，却还是发现男人对我的态度驾轻就熟，并因此感到不可思议。

我用酸臭的手指擦去眼泪，环视今后要"住在这里"的房间。这房间很怪，虽然是公寓单间，但本该是窗户的地方却贴着黑色的纸，看不到外面。大门上也钉了一层加固木板。日光灯的寒光将起了毛的榻榻米和铺着床单的床铺照得惨白，床单皱巴巴的，看上去像有几个月没洗过了。

"这是哪里？"

"是哥哥的家。"

"这是 K 市的哪个区？"

"不记得了。"

男人笨拙地打开电暖炉。炉子老旧，脏得厉害，但让冷得直哆嗦的我舒缓不少。我鼓起勇气，问了我最关心的问题：

"我再也见不到爸爸妈妈了吗？"

"对呀。"

男人兴奋地回答，饶有兴致地观察我流泪的脸庞。他似乎因为我待在这个房间而开心得不得了。

"我也不能去上学了吗？"

"不行哦。这样小美会逃跑的吧？"

"小美？"

"我叫健治。我们做好朋友吧。"

小美是谁？做好朋友又是怎么回事？我一头雾水地仰望着健治，他无疑是个成年人。看来我是被精神不正常的人抓住了——绝望令年幼的我陷入了混乱。

"小美在几年级几班？"

"四年级一班。"

"那带我一起去吧。"

大概是我目瞪口呆的表情太过明显，健治变了脸色，不满地看着我。

"你怎么不回答？"

"不要。我想回家！"

我放声大哭，想抑制住喉头的哽咽，却怎么也停不下来。健治起初惴惴不安地绕着我走来走去，不住地嘟囔着："不行啊，不行啊。"这句话成了他情绪爆发的导火索。我猛地被他掴了一掌，摔倒在榻榻米上。我的脸上有如火烧，大脑一片空白。恐惧远远胜过了痛楚，我捂着脸，跌坐在榻榻米上向后蹭着身子。健治两眼发直，不住地说着"不行啊，不行啊"，还用拳头打了我的脸好几下。我痛得眼前直冒金星，竟然在痛楚和恐惧之中失禁了。

"小美，不行啊。不许大声喊。听到没有？"

"好。"

见我勉强做出反应，健治满足地点点头。自那以后，他动辄对我施暴。导火索永远是一些微不足道的事，譬如我没有立刻对他的要求做出反应，或是因为我哭。我害怕被打，于是在健治的面前忍着不哭，竭力迎合他。

那天晚上，我躺在床上，却一夜未睡。挨了打的脸肿起来，火辣辣的。我用冰凉的双手捂着两颊，想把脸上的热度降下去。健治在我身旁熟睡，呼吸绵长。他的手时不时在我身上摩挲，我尽量把身子挪开，但每次都被他抱回来。我还穿着失禁时弄湿的内裤，很不舒服。"喵呜——"健治在睡梦中学了声猫叫。厌恶和恐惧也许已经让此时的我精神恍惚，我竟笑出了声。我感到健治在黑暗中睁眼看我。要被打了——我浑身僵硬。然而，他只是用粗糙的手摸了摸我红肿的脸颊。

"小美，你笑什么？"

健治一见我哭就会抓狂，对我动手。而无论我是发癫还是真的开心，只要是笑就没有问题。我蜷起身体，抱着痉挛的肚子，心想要是能在这里睡着该多好。可我的脚腕上铐着比被小便濡湿的内裤还要冰冷的手铐，整个人被绑在床的铁架上。

还是孩子的我，那个夜晚着实想了很多：爸爸妈妈现在在干什么，我为什么要跨过 T 川来 K 市，社会课轮到我讲的"我的城市研究"课题要怎么办，要不要跟芭蕾舞教师请假……最后的最后，摆在我眼前的疑问是：抓我来这里的这个叫健治的男人到底是什么人？这个问题是不可能有答案的。即使长到三十五岁，从事和文字打交道的职业，我依然没有找到问题的答案。

屏气凝神，我依稀感到夜晚已经过去。牛奶瓶在自行车上碰撞着远去的声音和犬吠声从四面八方涌来，宣告着清晨的来临。尽管窗口漏不进一丝光亮，我还是怀着微薄的希望，以为大人们发现我不见后，会赶来救我。而且，公交车上的乘客和对我做鬼脸的菲律宾女人都目击了我遇到健治的情景，应该会告诉警察吧。我一定会有机会逃跑。

"哎，得起床了。"

健治伸了个懒腰，掀开被子。我在寒意中瑟缩着身子。

"小美今天留下来看家哦，我去下面干活儿。"

"你在下面做什么？"

"下面就是工厂。"

不用说，这时的我感到了无与伦比的失望——如果健治就在楼下上班，我还怎么逃跑呢？

健治将昨晚脱下来扔在床边的衣服胡乱穿在身上。他一只腿伸进沾了油污的工作裤，两手伸进灰色的工作服，还没拉上衣的拉锁，又将另一只腿伸进裤子，系好布做的腰带。裤子前面的拉链还敞着，但他毫不在意。他抓起小桌上满是油手印的电动刮胡刀，开始刮胡子。

"嗡——"电动刮胡刀的声音让我想起父亲。每当早晨在洗脸台撞见父亲，我总是让他先用，自己在一旁看他刮胡子，怎么也看不腻。成年男人的胡子怎么一晚上就能长出来呢？我百思不得其解。

原来昨天晚上说想去四年级一班的健治，也是每天要刮胡子的大人。大人为什么要假装自己是小孩？他的脑子果然不正常吗？一个念头忽然冒了出来：健治是为了驯服我，才向我这个孩子献媚的。绝不能被他驯服！我下定决心：一定要想办法活下去，迟早有一天要逃出这个屋子，然后警察会抓住健治，把他送进监狱。即使他哭着求我让他回家，我也不会原谅他。我瞪着健治的背影，他仿佛忘记了我的存在，手握刮胡刀，表情麻木。那种恍惚的神情也和父亲如出一辙。

房间外面传来脚步声，吱吱嘎嘎，是脚踩走廊发出来的。还有其他人住在这栋公寓里。我想让对方发现我被关在这里，于是故意大声对健治说：

"叔叔，我想喝水！"

健治似乎察觉了我的意图，有些慌张地朝我跑来。他竖起食指放在嘴唇前面，要我闭嘴。我毫不退缩地提高了声音。

"我渴了，想喝水！"

健治粗糙的手粗暴地堵住我的嘴。这段时间里，脚步声渐渐走远，变成了下楼梯的声音。我颇感失望，但有人住在附近的事实给了我新的希望，我多少恢复了精神。尽管健治的手硬实而冰冷，指甲缝里还有黑色的污泥，我也没太在意。

"水壶里有水。"

健治指了指桌子。桌上有一只满是煤灰的铝制水壶。

"叔叔，我要喝水，帮我把脚上的锁摘下来。"

我恳求道。健治皱紧了眉头，似乎很为难。

"我不是叔叔呀。"

"那我叫你健治，你把手铐摘下来。这个弄得我好痛！"

健治看了一会儿将我的脚腕和床铐在一起的手铐，终于从兜里掏出一把小小的钥匙，解开了锁。我仔细一看，原来那是一副玩具手铐，不过是个摆设，大概我靠自己的力量也能轻易将它扭弯。

"我去干活儿的时候，你在这里老实待着哦。不然，就不给你吃饭，也不给你喝水。如果你乖乖的，三点发的点心我也带上来给你吃。太太偶尔会给我们豆包呢。"

我用力点头，表示明白。健治先是不安地看了看我，然后打开房门，临走前关掉了屋里的灯。门关上了，外面传来上锁的声音。健治离开了走廊。明明是大白天，我却被独自留在漆黑的屋子里。

我在床上坐起来，望着糊着黑纸的窗户。把那张纸掀开，就能看见外面了吧？和让人知道我被困在这里相比，寻找有光的地方是我更急迫的渴望。我害怕被留在不见一丝光明的小黑屋里。说不定健治将一去不回，我一辈子都会被锁在这间漆黑的屋子里，直到死去。想到这些，突如其来的恐慌向我袭来，仿佛心脏都要碎掉了。我下了床，摸索着朝窗边走去。

窗户被封得严严实实。窗框上钉了木板，黑纸是贴在木板上的。这样一来，房间里面的光不会漏到外面，外人看到这里，大概会觉得这里是没人住的空屋子吧。我大失所望，又试着拽了拽那木板，手指却只刚好够到牢牢钉在木板上的钉子。

突然，外面传来"轰隆"一声，吓得我浑身瘫软。紧接着是空气被压缩的"咻——"，继而又是一声碾碎什么的"轰隆"。那令人不堪忍受的巨响有规律地重复着，摇撼着房间的空气。细细分辨，似乎是两台机器按照各自的节奏发出的声响，"轰隆"和"咻——"循环往复，没有片刻的停顿。

原来，健治在发出如此巨大声响的工厂里工作。我捂着耳朵，一屁股坐在榻榻米上。每一次"轰隆"，地板都被震得瑟瑟抖动，屋里的所有东西都跟着嘎巴嘎巴地共振。床、寒酸的小桌、剃须刀、水壶都不例外。我的身子也像过了电似的，与那轰隆声共鸣。

"救命呀——"

在巨响之中，我的呐喊毫无意义。就在这一瞬，我忽然意识到，装傻充愣的健治，其实狡猾得很。他将我关在这里，是知道工厂的噪声能掩盖我的呼救声。我陷入绝望和焦躁，终于心灰意冷，在断续摇晃着的榻榻米上几近昏厥。我当时的绝望就是如此深重。

现在，我尽力将那时的记忆准确地付诸笔端，希望尽可能地表现出年仅十岁的我调动自己的智慧、体力、意志，使出浑身解数求生的过程。但若说究竟能否用语言传递出当年的我体会的希望与绝望，我则没有这个自信。即便我是操纵文字的小说家，想用自己现有的词汇再现十岁时的全部感受，也是不可能的。

我这不是示弱。现在的我恐怕比十岁时候的我还要脆弱。我的心智成长了，准确描摹回忆的能力——也就是感受力则在相应地衰退。例如，十岁的我在健治的房间过了一夜，并在第二天清早工厂的噪声中渐渐模糊了意识，这在如今的我看来并不真实。相较之下，我显然觉得健治的暴力更为残忍，健治利用我满足他的欲望一事更加不可饶恕。

但是，在耐心地追寻回忆的过程中，我却常有意外的发现。实际上，面对健治的时候，远没有在黑暗中暴露于无法防备的轰鸣声时来得恐怖。当时的我恐惧孤独。尽管这个叫健治的人令我害怕，但他迫使我发挥想象，从而踏实地感受到自己还活在这个世上。

静寂忽然造访。门被人从外面打开，光线射了进来。是健治干完活儿回来了。伴随着一股浓烈的荞麦面调汁的味道，健治走进屋，先开了灯。我一时适应不了强光的刺激，仍然躺在榻榻米上，努力让自己清醒过来。他高高举起手中的铝制托盘。

"小美，吃饭时间到啦，你饿了吧？"

健治和悦的语气让我意识到，自己对他来说和一只宠物猫没什么分别。

"起来呀。"

我没有回答，用胳膊肘撑着身子，抬起头，磨磨蹭蹭地爬了起来。我一点儿也不饿。健治把铝制托盘放在桌上，看了看水壶。

"喝水了吗？"

"没。"我摇头，咽了一口唾沫，"给我喝点儿。"

我直接对着壶嘴，咕咚咕咚地喝起来。壶里的水不知是什么时候打的，带着铁锈味，可我一喝就停不下来了——我已经十九个小时滴水不沾了。因为暖风开得足，芭蕾舞课结束后我就觉得嗓子干干的。想到这儿，眼泪不知不觉地流下来。我已经预见到，自己再也无法回到从前那种安稳的生活了。我的预感没有错。我得救之后，确实没能回归从前的生活。可是，健治看到我的眼泪，只是露出一副不可思议的神情：

"小美，你怎么了，想家了吗？"

"嗯。"

"快忘掉它吧。"健治轻轻摸着我的头，"对了，这个分你一半。"

他好像饿了，一面吞着口水，一面给我看放在铝制托盘里的食物。一只大碗里装着乌冬面。茶褐色的汤汁中盛着许多粗面条，上面顶着一片干巴巴的鱼肉卷和葱花。两只小小的饭团，米粒外面包着紫色的海苔。两块黄色的腌萝卜。还有一只橘子。健治像个小孩似的攥着筷子，挑了些乌冬面到盘子里分给我。我嫌弃地咽下煮变了色的面条，没有一丝食欲。

"太太总是做好了饭，给我们端来。"

"太太是谁？"

"公司老板的太太。"

"其他人不干活儿吗？"

我想知道早上听见的脚步声是谁的。健治专心地吸溜着乌冬面，随口答道：

"干呀。还有一个叫谷田部的前辈。"

有个叫谷田部的男人也住在二层——我记了下来。如果今后有人能救我，恐怕就是这位谷田部先生了。健治没给我饭团，一个人吃掉了。

"橘子归小美哦。"

我凝视着他塞到我手中的橘子。一星期前，我刚吃过母亲从小区超市买回来的时令水果。泪水又要夺眶而出，但我将眼泪憋了回去，喉咙咸咸的。吃完这只橘子，我又要独自一人熬过充斥着噪声的下午。并且这样的生活将永远延续下去。我恳求健治。

"叔叔，让我回家吧！"

"不行啊。你要是再这样说，我可不敢保证会对你做什么。"

不行啊——昨天晚上，健治打我的时候也这么说。我害怕地向后退。他用成熟的目光望着我：

"不行啊，小美。我们不是说好了吗？"

"没有啊。"

我小声反驳。健治用牙签剔着牙，摸了摸我的脸。

"小美的脸蛋滑溜溜的，真可爱呀。"

我提高了警惕。健治的表情里似乎出现了我从没见过的东西。我的身体僵硬了。

"你得听我的话。"

健治威胁般攥着拳头，对我喘着粗气。我赶忙照他说的做。至少比挨打强——我死了心。

我已经懵懵懂懂地明白了性为何物。班上的女生之间，已开始流行讨论下流的话题。这类对话往往以掌握信息的人向他人启蒙的形式进行，晚熟的我属于被启蒙的一方。没想到这种事竟会发生在自己身上，我以前想都没想过。

我躺着，感觉健治站在我身边。我的双手紧紧地捂住眼睛，什么也不想看。原来他只是看着我，不会对我做什么。反应过来后，我立刻从指缝间窥探他的模样。我看到他那剧烈抖动的手指，渍着油污的指甲。当健治喊着什么发泄出来的时候，我将捂着眼睛的手移到嘴边，拼命忍住涌到喉咙口的悲呼。

健治，几乎每天都要对着我那样做。那时的我深信，是工厂的噪声引发了健治的性欲。连我都变得不正常了，健治还要在那里干活儿，一定会变得更令人恶心——我对此深信不疑。这件事，我不曾告诉警方和精神科医生。因为我很清楚，警察想要盘问健治和我之间的性关系。我有预感，一旦提到午休时发生的事，他们都会兴奋，继而展开更让人厌恶的想象。即便是个孩子，我也本能地明白这些。

我害怕白天，害怕噪声，也害怕变成另一副模样的健治。白天的健治是一个刮了胡子才去上班的成年男子，正常吃饭，正常说话。他待我有如待一只捡回来的小猫，时而疼爱，时而轻慢。午休结束前，他必然会对着我露出那副表情。然而，晚上的健治却变成了和我一样在四年级一班的"健治君"。

那次令人厌恶的行为结束后，健治在内裤上抹抹弄脏的手指，然后毫不介意地套上工作裤。他的邋遢令我大受刺激，以至于忘了穿上衣服。他就要去工作了，用那双手触摸工厂的机器——这种联想和工厂的轰鸣声搅在一起，成了我极度讨厌白天的健治的原因。唯一的安慰仅仅是健治不会碰我。我忽然意识到自己的情况，匆忙穿上衣服，以免健治再对我做些什么。不过，我的担心是多余的。因为下午的工作时间马上就到了。健治拿起摞着空碗的托盘，回头对我说：

"今天很忙，不能给你带点心了。"

已经知道走廊上有洗脸台和厕所的我，慌忙说道：

"叔叔，我能去厕所吗？"

只要能到走廊，也许就能遇到谷田部先生。可是，健治轻轻松松地打碎了我的希望。他拉开一扇破旧的拉门，从壁橱里拿出儿童用的便壶。那是一只小鸭子造型的塑料便壶，我瞄了一眼壁橱，里面乱糟糟地堆着衣服和纸箱。

"用这个吧。"

"我想出去上。"

"不行啊。"

不行啊——伴随着这句话，健治的目光开始发直，我放弃了执拗。健治的"不行啊"相当于警告。我之前写过他很狡猾，同时，他还很有一套。他先用暴力夺走我反抗的意志，等我抗议的时候，再用当时的话威吓我。

就在健治关灯出门的那个瞬间，我看出那便壶已经用过多次，上面沾有污渍。这一点，令我有种说不清道不明的不安。有人用过那便壶，不就说明在我之前也有小孩被关在这里吗？想起健治面对我时熟稔的样子，掳走我时巧妙的手法，我心中不由得产生疑问：也不知我是第几个受害者，之前的孩子现在怎么样了？"小美"也许是上一个孩子的名字。这些想法随着我重新被关在漆黑的房间而无限地膨胀，并演变为新的恐惧，将我禁锢。

健治的脚步声消失后不久，施工又开始了。轰鸣声和房间共振，这次便壶也跟着一起震。我蜷在满是健治汗臭味的被子里，害怕自己马上会被他杀掉，也不知道壁橱的纸箱里究竟装着什么。我在双重恐惧中独自度过了午后的漫长时光。那一天发生的事，我一辈子都无法忘怀。

但我心中生出了唯一的希望，令我战胜恐惧，那就是这里还有一个叫谷田部的男人。总有一天，谷田部先生会把我救出去的。我紧紧抓住这丝希望，不停地给种下希望的土壤施肥。希望渐渐长大，在我长达一年的监禁生活中，谷田部先生成了必将到来的救世主，成了我的憧憬，不，他甚至成了我的信仰。每晚入睡前，我都会祈祷：

"神啊，谷田部大神，请早些救走我吧。让我回家吧。回家之后，我一定会做个乖孩子。"

可是，谷田部先生从未来过健治的房间。早上离开房间时的关门声，从走廊经过的踢踏踢踏的脚步声，清嗓子的咳嗽声，谷田部先生只存在于声音之中，我对他的信仰却反而因此愈加虔诚。

我总是竖着耳朵，想听到谷田部先生发出的声响。即使听不到任何声音，仅仅知道我们在同一栋建筑物的同一层，呼吸着同样的空气，我也充满感恩。我幻想有一天，谷田部先生发现虚弱的我。他一面说着"太可怜了"，一面将我抱起来，然后凶狠地殴打健治：

"你对这么可怜的孩子做了什么？！不知羞耻！"

接着，谷田部先生懊悔不已，哭着向我道歉：

"我就住在旁边，竟然一直没发现。对不起，真的对不起。"

在我的幻想中，谷田部先生的形象和同班一个男生的父亲有些相似。那个男生好像叫米田，他的父亲在电子零件工厂工作，但因为糖尿病恶化、视力减退之类的原因离职了。米田的父亲经常阴沉着脸坐在公园的长椅上，眯着眼睛看报纸，或抽着烟发呆。白天在小区里很难见到成年男人，所以我每次出门，都会下意识地搜寻米田的父亲的身影。和坐在角落长椅上的米田的父亲目光交会时，他认出了我也不苟言笑，只是直勾勾地盯着我看。这让我心慌意乱，从而一直对米田的父亲投以更多关注。同样地，谷田部先生一定会来救我，对我来说亦是一种甜蜜的想象。被困在健治房间里的时候，我总是依靠这份想象度日。

"一年多的监禁生活？"常有人难以置信地问，"你是怎么度过的？寒冷的冬天、炎热的夏天，是怎么熬过来的？

怎么洗澡，怎么上厕所？"刑警和父母无数次问过我这些问题。然而，我因恐惧而畏畏缩缩的日子只是在最初的一个来月才有，之后我便习惯了那样的环境。健治绝不会上半截班就回来，他不在的时候，我就靠睡觉和幻想打发时间。盛夏里，健治会给我开空调；到了冬天，他也会不顾宿舍的规定擅自打开暖炉取暖。我的监禁生活并不艰苦，只要找到生活节奏，也能勉强忍受。

言归正传，我讲讲健治下班回房间后，是如何和我一起过夜的。

"喵呜——小美，我回来啦！"

下班后的健治端着晚饭的托盘，开开心心地打开房门。他偶尔也会加班，但多数时候都比较准时，会在五点半左右结束工作，回到房间。我之所以能说出大致的时间，是因为工厂附近好像有一所小学，每天傍晚五点整便会传来《晚霞夕照》[1]的悠扬旋律。

和乌鸦一起　回家吧

---

1 《晚霞夕照》：创作于一九二三年的童谣，描写乡村日落景象的抒情歌曲，在日本流传很广。

我念的小学也会放同样的歌曲。第一次听到这首歌的时候，我的泪水夺眶而出。但第二天开始，我便不再流泪。我得出一个结论：无论怎样都不能惹健治生气，只有等谷田部先生来救我才能回家。

　　我的这种想法很现实，实际上是很有效的。如果你认为十岁女孩的思维幼稚，那就错了。孩子习惯了接受大人的命令，是因为知道只要听他们的话就是安全的。这是身体力行得出的结论。孩提时代的我，没有半点儿要和大人抗争的想法。

　　"小美，今天你干什么了？写作业了吗？"

　　晚上一到，健治立刻变成一个孩子，令人隐隐有作呕之感。对此，我不堪忍受，最初连抬头看他都做不到。白天健治肮脏的手摸过的地方我全都讨厌得不得了。和健治的肉体相比，我最厌恶他的手。

　　可是，健治在工厂干完活儿后，似乎洗了脸和身上才回来，全身上下散发着一股沐浴皂的味道，看起来很干净。他曾说，工作结束后，他为了洗掉机油用肥皂洗澡，还说那肥皂就像润湿的细沙。但我当时认为他在说谎，一定是谷田部先生严厉地训斥他，要求他把自己洗干净的。我越厌恶健治，谷田部先生在我心里的地位就越崇高。那时我就是如此崇拜着谷田部先生，将他视为偶像。

“喵呜——喵呜——肚肚饿了哦。”

健治将盛着食物的托盘放在桌上，劝我吃饭。工厂的饭食简单，中午永远是面食或炒饭，晚饭则是一道肉菜或鱼，再加一碗味噌汤。他满足地对我说，这些饭菜是住在附近的社长夫人做好带到工厂来的。菜的调味很重，吃完必定会觉得嗓子干渴，健治却吃得很香。渐渐地，我习惯了直接对着水壶嘴喝水，不再犹豫。

“谷田部先生呢？”

“他在机器前面，边看体育报纸边吃。今天巨人队赢了，他很高兴。”

“赢了哪个队？”

“阪神吧？我不太确定。”

健治歪歪头，像是对这些并不关心。

“谷田部先生的房间在二层吧？他一般什么时候回来？”

“小美怎么老问谷田部先生的事？”

健治不满地噘起嘴，他眼中游荡的猜疑目光，连我也看得出来。这种时候，我不再把他当成大人，而是当成同班同学来反驳。因为我发现，夜晚的健治喜欢我这么做。健治喜欢扮演被强势的同班女生驳斥的小男生。

“我怎么就不能问有关他的事了？”

“也没怎么。”

"既然没怎么，你刚才为什么要那样说？给我道歉！"

健治还不如班上那些男生能言会道，我一逼问，他就老老实实地道歉。肯定会有人问：十岁的女孩怎么可能压制一个大男人？但这就是事实。夜晚的健治渴望这样的关系。

"小美，你今天做了什么？"

健治见形势对自己不利，主动换了话题。

"我睡觉来着。除了睡觉，我还能做什么。"

"做作业吧！你的书包呢？"

健治环视房间，一脸惊讶。

"怎么可能有书包？我不是在上完芭蕾舞课回家的路上被你拐走的吗？"

健治对诱拐的事避而不谈，找来我的练舞书包，抽出里面的黑色紧身衣，捏着鼻子说：

"好臭呀——"

这下我真的生气了。

"还不是因为你把我带到这儿来了吗？我明明想回家的！"

见我的眼中浮起委屈的泪水，健治慌了手脚。

"对不起啊，小美。但是，我想要朋友嘛。"

的确，对夜晚的健治来说，我就是他的朋友。白天的健治自私而下流，夜晚的健治却想让自己变成孩子，变成一举一动都和我同龄的少年。由于夜晚的健治比白天的干净整洁，我渐渐接受了夜晚的他。如果没有夜晚的健治，我的监禁生活不知会有多么恐怖。

有意思的是，健治认为夜晚的自己是在替白天的自己赎罪。也就是说，他认为白天那个再寻常不过的成年男子才是真正的自己，而夜晚的健治似乎对白天的自己厌恶至极，于是才将自己扮成孩子。同时，这或许也是他对让我遭遇不幸的一种安慰与补偿。因此，夜晚的健治才百般讨好我、温柔地待我。

然而，那时的我却不理解他判若两人的变化。我曾问过夜晚的健治：

"为什么健治君一去工厂，就要变成可怕的叔叔，对我做下流的事呢？"

健治思索了一阵，答道：

"因为在工厂的时候，我必须变成大人。"

"大人就会做那种下流的事吗？"

"就是会想下流的事的人，才叫大人呀。"

"这么说的话，真正的健治君是下流的，就不是小学四年级的学生啦。真正的你是大人，是叔叔啊！"

健治在桌子上撑着脸沉思。他可能是困了，那睡眼蒙眬的样子好像一只丑陋的青蛙。

"是吗？我是大人的身体，但想和小美在一个班上学呀。我想再当一次小学生，和小美这样的女孩成为好朋友。所以，那个大人的我才是假的。"

如今的我，无法相信那时健治说的话。我觉得他有意将自己分成白天和夜晚两个人。毕竟就是夜晚的健治诱拐了我，他说完"不行啊"就狠狠地打我。与其说夜晚的健治是在向我赎罪，不如说他的存在是为了白天的健治堂而皇之地出现，为了引诱白天的健治敞开欲望之门。

我在前面写过，夜晚的健治试图抚慰年幼的我。所以，他变着花样和无聊的我做各种游戏。我们来学猫叫吧——他曾这样对我说。见我不领情，又忽然起身，朗声唱起歌来：

新的早晨来到了　充满希望的早晨
敞开喜悦的心扉　仰望长空吧

接着，他拖长了语调："第一节广播体操——一、二、三、四——"他边喊边做起操来，逗得我捧腹大笑，连眼泪都笑出来了。他见我笑了，自己也很高兴："我，很好笑吗？小美觉得，我这个人，好笑吗？"

尽管如此，我却不认为自己得了人质对犯人产生依赖的

"斯德哥尔摩综合征"。我和健治不是命运共同体，只要白天的健治还在，我便绝不会饶恕他。那么，假如健治只有夜晚的那一面，你就会饶恕他吗？若有人这样问我，我的回答是更加不会饶恕。因为健治是个聪明人，知道必须以孩童的天真抚慰被他的欲望绑架的我。

提出写交换日记的人也是健治。当初塞在练舞书包里的一本漫画被我奉若《圣经》，每天都要翻阅，早已破旧不堪。书中的台词几乎已被我从头至尾一字不差地背了下来。在这样的情况下，我接受了健治的提议。突如其来的禁锢，令我不能看电视、看漫画、读书，也无法去学校，我对知识的渴求日益强烈。我也想写写字了。

"要是写错了汉字，就要圈出来哦。"

健治缩着身子，露出困惑的神色：

"我不会写汉字啦。"

"一点儿也不会吗？"

我轻蔑的语气仿佛让他有些受伤。

"基本上不会。小学三年级以后，我就没上过学了。"

我望着健治，哑口无言。到了现在这个时代，拒绝上学的孩子越来越多，这种现象已经屡见不鲜。但在当时，我身边几乎没有连小学都没读完的成年人。为什么他可以不去上学呢？还是孩子的我，完全无法理解。

"你为什么不去上学？"

"爸爸死了，妈妈丢下我，不知道去了哪里。"

健治给我讲了他的身世。他在北海道的福利院长大，那所福利院在大山里，冬天大雪封山，去小学渐渐成了麻烦事，最后他干脆不去了。

"所有人都必须上小学。下雪算什么嘛。"

"话是这么说。"

健治含糊其词，我却有意戏弄他：

"原来健治君是个懒人。"

健治由于家庭原因无法继续读小学。不知我的直觉是否准确，他要和小学四年级的我做好朋友，也许是想消解他当年未曾实现的梦想。这成了他为了说服自己的内心而捏造的神话。或许健治是将自己的欲望和未曾实现的梦想巧妙地结合起来，捏造出了囚禁女孩子的理由，并且配合自己的情况将这一理由运用自如。有时候，他是冷酷而凉薄的男人，一切行动以满足自己的欲望为目的；有时候他又摇身一变，成了童心未泯的男孩。

通过后来的审判，我才得知健治童年时家境并不富裕。他小学三年级就中断了初级教育，之后再也没上过学。可是，没有任何人知道他是否因此感到空虚或焦躁。事实上，健治很擅长拼凑或替换事实，使其为己所用。至于他的行为是有意还是无意的，则要另当别论。白天的他和夜晚的他判若两人，不就是他的最高杰作吗？

健治寻求的，是一个完全专属于他的对象。他只需要一个"可爱而小巧的东西"，能够亲昵地面对充满欲望的他。最开始，这个对象也可以是猫猫狗狗或小鸟，但面对动物到底是兴奋不起来，动物也不会说话，不免让他感到无聊。接下来，他就把目标放在小女孩身上。为此，他满不在乎地说尽谎话，变成一个自相矛盾的人。

"那健治君先写吧。"

我完全受制于白天的健治，却可以百般刁难夜晚的健治，令他出丑。就这样，我也保持了某种心理上的平衡。

"谁先说的，谁就先写。"

见我执拗地要他先写，健治没自信似的环顾四周。

"要写在什么东西上呢？"

"你连个本子也没有吗？"

第二天，健治带回一本大学笔记本。那本子像是跟谁要来的，脏兮兮的，还有用过的痕迹。用过的部分被裁纸刀粗暴地裁掉了。

"日记里写的事，从头到尾都得是真的，可不能瞎写哦。"

我模仿老师的语气对健治说。健治舔了舔铅笔，写好后把本子递给我。他的文字幼稚，全是用平假名写的。

　　　　小美来了以后，我每天都很开心。白天，谷田部先生有时候因为我弄脏了托架而揍我，社长有时候也会骂我。每当这时，我就想：我有小美就足够了。社长老是把抹布往我身上扔。有时候他说：看见你这张愚蠢的脸，我就生气。他这么说，我也有点儿生气。我甚至想过，干脆一把火把工厂烧掉算了。但现在我要为小美着想。白天，除了小美，我的心里好像放不下其他事了。

　　这天晚上，我有了记事本，这成了我监禁生活的一大转折点。我已经被监禁了将近一年，或者超过了一年。

　　第二天早上，我靠声音确认健治进了工厂，然后打开房间的灯，按下电暖炉的开关。健治严禁我用电，但我曾经看到他在关门前拉掉电闸给房间断电。从那以后，我便在他走后站上桌子推上电闸，否则实在是太无聊了，我也挨不过冬天的寒冷。健治午休回来前，我再拉掉电闸，在一片漆黑中躺在床上，假装无事发生。夏天，健治自己也受不了屋里的高温，就买来冷气机安上，从早到晚都开着它。

随着监禁生活的持续，我渐渐大胆起来。我习惯了工厂的轰鸣声，对听不到轰鸣声的星期天反而感到不太自然。人无论身处怎样残酷的环境，都能想到相应的解决办法。十岁的孩子也不例外。不，或许正因为我十岁，才能适应这一切。若是成年人，则会猜测对方的心理，预测将会发生的事。然而，做到这一步，已然不能算适应了。

白天的健治回来后，我也不再像起初那样恐惧了。从第一天开始我就发现，只要照健治说的去做，就几乎不会挨打；而且尽管白天的健治肮脏又下流，但他的行为都很固定，在房间里的时间也不长。

健治没有把我当作性交的对象，这也是我的幸运。吃完午饭，我便利索地躺在床上，等他自己完事。健治那么做时我总是紧闭着眼，什么也不看，所以也就无所谓了。健治拉上裤子拉链的同时，我就起身将衣服穿上。我当时不明白，究竟是自己身上的什么让健治的身体起了那样的变化。到了今天，我终于理解了其中的一点。健治向我袒露了他最隐秘的一面。那的确是他对真正伴侣的态度，但可悲的是，这也毫无疑问是他单方面的情感付出。如今的我也意识到，当时的健治一定因此感到悲哀。

白天健治不在时，温暖而明亮的屋子就成了我的自由空间。窗户和门都被封死了，屋里不仅看不出外面天气如何，连一丝光线也透不进来。纵使如此，白天里我还是活蹦乱跳的。我在桌上摊开本子，写下日记：

　　写日记之前，我有几个问题想问健治君。

　　第一个问题，健治君为什么要叫我小美？我的真名不是这个，可你从认识我开始，一直叫我小美。我不明白这是为什么。请告诉我你的理由。今后，请你叫我的真名。我的真名叫北村景子。

　　第二个问题，健治君为什么中午一回来，就要变成另一个人？你不觉得这种改变很恶心吗？

　　第三个问题，你什么时候才能让我回家？你觉得我和你一样上不了学也没关系吗？

　　我脑中灵光一闪，从本子上撕下一张纸，在纸上写下我家的地址和电话号码，并补充道：

　　救救我！我是 M 市新町小学四年级的北村景子。我被诱拐了。请与我的父母联系。拜托了！

如果谷田部先生经过房门口的时候，我将这封信从门缝里塞出去，会怎么样呢？谷田部先生去工厂的时间总是比健治早一些，所以这件事不容易实现。但机会一定是有的，我一定要把信递出去。我将信叠成一张小小的字条，夹在床板和床垫之间。一阵没来由的兴奋涌上心头，我想看看壁橱的纸箱里到底装了什么。纸箱是我恐惧的源头，但随着我不再害怕健治，纸箱也被排除于恐惧的对象之外，渐渐地，我几乎要忘记了它的存在。

　　我挪开压在纸箱上满是健治体臭的毛衣和衬衫，拽出那只柑橘箱大小的纸箱。打开一看，我不由得倒吸了一口冷气。里面装着一只红色的学生书包。我战战兢兢地打开书包盖，包里面是二年级的国语和数学教科书。还有笔记本、粉色的垫板和红色的铅笔盒。铅笔盒里有自动铅笔、橡皮、红色铅笔和几根 HB 铅笔。笔记本的姓名栏写着：

　　二年级二班　太田美智子

　　这里果然有过一个小美。小美去哪里了？屋里也许还有她的东西，我看了壁橱的角落，除了书包，没找到其他物件。我翻开教科书，二年级的教科书里净是平假名，我依然怀念得不得了。书页边角的涂鸦、算数题。啊，好想学习，好想去学校，好想像以前那样走在上下学的路上。泪水夺眶而出。这眼泪源于我心底的战栗：我就和这个书包的主人一样，或许不久后也将离开这个世界。我深信，真正的小美已经死了，而且是被健治杀死的。

我再一次怕起健治来，急忙将纸箱放回壁橱，开始担心自己写在本子上的问题会不会惹出祸端。我尽管是孩子，还是觉得不该写那些多余的东西刺激健治，但屋里没有橡皮。我忽然想到，可以借用学生书包铅笔盒里的那一块。这时，工厂的机器声停了。我赶快关掉电暖炉，拉下电闸，蹿到床上。紧接着传来钥匙开门的声音。

"小美，吃午饭了。"

白天的健治打开门道。他已经不再用"吃饭饭啦——"这样的语气对我说话。尽管刚养小猫时饶有兴致、一味地娇宠，习惯了小猫在身边的日子之后，就不会再说特别的话、做特别的事了。白天的健治对我的态度，就像那些理直气壮地走在街上的普通年轻男人一样，粗鲁而随意。

"啊——累死了！"

健治仿佛浑身都充斥着焦躁，他一定在工厂遇到了烦心事。我不由得紧张起来。这样的事情时有发生，可今天，健治愤怒的肩膀、发直的眼神中处处散发着危险的气息。我缩着身子，从他手中接过托盘。托盘里盛着一碗油腻的炒饭和漂着几星葱花的褐色汤汁。健治不悦地沉默着，我只好去数炒饭里有几片艳粉色的鱼糕。

"屋里怎么这么热？"

健治瞟了一眼电暖炉。那炉子刚刚关上，如果伸手去碰，肯定还是烫的。我很紧张，健治却没有要去试温度的意思，而是脱下了工服外套，只穿着领口松垮的白色 T 恤。

他一言不发，忽然一手拿起碗，开始喝汤。由于他没叫上我一起吃，我便在桌子旁边抱着腿坐着，悄悄用指尖把日记往床底下推。那时的恐惧极为清晰：若是让白天的健治看到这日记，我也会像真正的小美一样被杀。

我盯着健治的手。那只粗糙的手不慌不忙地驱动汤匙，将炒饭送进嘴，手背上有一个还在渗血的伤口。不知他在工厂做什么工作，他的双手总是新伤不断。小美是怎样被他杀死的呢？是这双手箍住了她的脖颈吗？还是像他在日记里写的那样，被一把火烧死的呢？此时此刻，健治日记中的那句话浮现在我眼前，恐惧令我口干舌燥。

"气死我了！"健治用汤匙敲敲贴着装饰板的桌子，"社长噼里啪啦地打我，说我用电用得太多！我说我没用那么多，可他还是说个没完：'你啊——健治啊——你就是个傻子！多敲打敲打才能好一点儿！'他还拎来了球棒，真是受不了！小美，我不在的时候，你有在一片漆黑里等我回来吧？电肯定不是你用的吧？夏天我们用电，也是热得没办法。"

"嗯！"我拼命点头，擦了擦冷汗。原来是我推上电闸用电，害健治被社长骂了。我默默地坐到床上。健治夹杂着北海道乡音的咒骂还在继续：

"他成天到晚说我是个傻子，要是知道我和小美在写交换日记，看他怎么想！"

健治扔下汤匙笑了，我捡起汤匙，赶忙吃盘子里剩下的炒饭。我平时没有早饭吃，肚子很饿。

得救之后，我才知道健治会自己在工厂吃早餐。社长的妻子每天都会给来上班的健治和谷田部先生做早饭。早饭很简单，一般是牛角面包、牛奶、煮鸡蛋这类东西，但健治没有带回来给我，而是一个人吃掉了。午饭好像也是私下吃掉将近一半再带回来。这些消息激起了我的憎恨。突遭绑架的恐惧刚刚平息，饥饿和娱乐的匮乏又席卷而来。这才是真正让那时的我痛苦的地方。

就在这时，监禁生活中的第一个大事件发生了。外面突然有人敲门，而且"咚咚咚"的敲得很大声。我惊讶地张大了嘴，干巴巴的饭粒从嘴里稀稀落落地掉下来。健治薅着我的头发把我按在床上，答道："来了！"外面的人仿佛没听见健治的答话，敲门声仍在继续。是警察来了吗？喜悦令我的心脏狂跳。健治急忙打开门，慌慌张张地到外面去了。好像不是警察，但谷田部先生在外面。我对着门口嘶吼道：

"谷田部先生，救救我！"

我冲到门边，在里面敲门，以为这样就能引起谷田部先生的注意。可是，什么也没有发生。健治气得浑身发抖，进门就用拳头打我的脑袋。"哐当"一声，我直挺挺地倒在榻榻米上。这一波冲击过去后，我才想起惨叫。我双手护着头，健治的拳头对着我的脑袋捶了好几次。他不停地说着同一句话："不行啊，不行啊！"

"我不会再这样了，原谅我吧！"

健治喘着粗气听我哭着求饶，他的肩膀随着喘气上下抖动。

"你真的不这样了吗？也不大声喊了吗？"

"不了，绝对不了。"

为什么谷田部先生没听见我的嘶吼和惨叫呢？健治也许看出了我的困惑，第一次露出了不怀好意的笑容：

"谷田部那老头是个聋子。"

我奉若神明、日思夜想的唯一的希望——谷田部先生，居然听不见声音。原来神明从未听到我的呼救。

我捂着被健治打肿了的脑袋，在床上抽泣着度过了一个下午。深重的绝望令我沮丧。迟早有一天，我会像真正的小美一样被杀，我的练舞书包和紧身衣将作为纪念留在壁橱的纸箱里——这样的想法在我的脑子里挥之不去。

工厂震耳欲聋的轰鸣声仍然在持续。说不定谷田部先生是在喧闹的工厂干了太久的活儿才听不见的。如果是这样的话，被囚禁在这间屋里的我，或许也会慢慢地听不见。我已经有一年多没见过外面的光了，视力恐怕也会衰退。我的理科老师讲过，生活在洞窟里的鱼，体内没有色素，眼睛也会退化到消失不见。回忆起老师的话，我不禁浑身发抖。

没法上学，我自然会变得愚笨。被关在狭小的房间里，一直也没有运动。平时只是用毛巾擦擦身体，连澡也洗不了，再也没有人比我更脏了。原先的齐耳短发如今已经长到肩膀，凌乱地垂着。指甲都是用牙啃的，永远参差不齐。健治的房间没有镜子，我不知道自己现在到底是什么模样，唯一能确定的是，我过着野兽般的生活。

饶是强烈地盼望着活下去，想和父母见面，绝望依然将此时的我笼罩。就算得救，父母看到我也会很失望吧？我想起母亲看到父亲喝醉时蹙起眉头的样子。不过，后来我发现自己的想象也并非全部落空。

健治也一样，我想。他会厌倦小猫和二年级的小美，最终也同样会厌倦四年级的我，再去诱拐年龄更大的女人。迟早有一天，我会被杀掉、被抛弃。

我下意识地认为，健治的内心渴望成长。二年级的"太田美智子"消失了，只留下"小美"这个名字，我这个"第二代小美"也会消失，接着是六年级的第三代小美，然后是初中生、高中生、成年女性。健治会渐渐选择年龄更大的诱拐对象吧？我的这个疑问一直不曾打消。后来法院怀疑健治是"恋童癖"，但我认为健治不是单纯的"恋童癖"，他也并不愚蠢。他是一个聪明的男人，知道自己喜欢什么，也知道如何得到自己喜欢的东西。

那天晚上，健治迟迟没有回来。工厂早就下班了，他大约是少有地外出了。我又有了新的想法：也许健治不是厌倦了真正的小美才将她杀掉，而是小美试图逃跑，他才将她杀掉的。如果是这样的话，今晚我就要被杀了。因为我曾试着向谷田部先生求救。

我在恐惧中瑟瑟发抖。但无论多么害怕，也无法逃避——有过这样经历的人都会渴求死亡。刚满十一岁的我不断祈求，希望死亡早些降临。无论死亡痛苦与否，我都不在意。与其独自舔舐着恐惧，在痛苦中苟且偷生，还不如一死了之。我已经绝望到了顶点。

八点过后，健治终于回来了。他满面通红，一身酒气，依然满脸不悦，没有像往常那样"喵呜——"地叫着和我打招呼，也没有给我带晚饭。那天晚上的他仿佛被白天愤怒的健治影响着。我用被子紧紧裹好身体，捂着头，默默对着墙，免得被健治打。

"你饿了吧？"健治偷偷看我。他的语气像是要重新提起白天的事，又好像有点儿担心我。"小美虽然可怜，但你做了错事，我也没有办法啊。"

健治将一个纸包窸窸窣窣地放在桌上，里面大约是夹心面包，房间里飘起一阵蜜瓜面包的甜香。肚子立刻咕咕直叫，我却继续假装无动于衷。健治大概不知如何是好，便捡起地上的日记本来读。我早已紧张过了头，精神反而松懈下来。我困了。在我昏昏欲睡的时候，健治好像写下了问题的答案。

半夜我醒来，灯煌煌地亮着，健治仰躺在榻榻米上，睡得很熟。我打开夹心面包的纸袋，狼吞虎咽地吃起来。那个蜜瓜面包有点儿硬，好像是卖剩下的，却又香又甜。我连掉下来的面包渣都舔得干干净净，然后读起摊在桌上的日记来。

今天真对不起。我以为小美背叛了我，所以发了火。打了你，是我的不对。我不会再这样了，我会对你更好的。我不愿意让你离开这里，所以会给你带吃的，还会偷漫画给你看。小美也对我好一点儿吧。

小美提的问题，我先回答最后一个。小美现在和我一起生活，就见不了你的家人了。请死了这条心吧。

第一个问题，虽然小美有自己的名字，但我想把所有我喜欢的女人都叫作小美，所以你也是小美。

几年前，有个和我住在一起的女人也叫小美。小美离开了自己的家，非常难过，总是哭，连饭也不吃，最后生病死掉了。我为她哭了很多天，还睡不着觉。我常常在工厂打盹儿，被社长骂得很惨。社长是个很爱耍威风的秃子，我不喜欢他。他打老婆，也打谷田部先生。但如果被工厂开除，我就无处可去了，所以只好忍着。

如果小美离开我，我又会睡不着了。那样就会被开除。我是个无家可归的人，求你了，不要走。

健治的回答令人费解。他为什么要先回答最后一个问题呢？我一点儿也不明白。是因为这个问题的答案最明确吗？而且他也没回答第二个问题。所以说，健治就是这样灵巧，他并不笨。可真正让我害怕的，是他告诉我，那个被叫作"小美"的女孩曾经在这间屋子里生活过，然后因病死去。

"太田美智子"真的是病死的吗？我望着床，上面堆着发皱的被子。我可怜那个孤零零地死在房间里的小学二年级女生，同时她的身影又渐渐和我自己重叠起来。虽说健治恳求我"不要走"，但我并没有离开这里的办法，岂不是束手无策吗？健治的矛盾与自私在我心中，忽然都变得不可原谅。

我想起自己白天把给谷田部先生的字条藏在了床垫和床板之间，于是轻手轻脚地将它抽了出来。或许可以趁现在将它从门缝里递到外面的走廊上。这样一来，上班比健治早的谷田部先生就会看到它了吧？谷田部先生耳朵听不见，只能让他看文字了。我试了几次，终于成功地将笔记本上撕下来的字条从门缝里塞了出去。

如果谷田部先生路过门口时没看见这字条，健治发现后一定又会打我。这一次，他说不定会杀了我。我也许会和真正的小美一样卧床不起，然后生病。这场非生即死的赌注，令我的心狂跳。

"小美？"

突然，一直熟睡的健治带着浓重的鼻音叫我。我浑身僵直，但还是不动声色地转过身面对着他。健治坐起来，揉揉眼睛。工服裤子前面不雅地敞着口。

"你刚才在门口干什么？"

"我想喝点儿水。"

我指着放在门边的脏水壶。健治露出怀疑的神色，却说了些无关紧要的话：

"喝了酒就会不高兴啊。我不舒服。"

"小孩子怎么能喝酒呢。"

他听了我的批评，开心地笑了。大概是觉得我原谅了他。

"是哦。我今后不喝了。"

我打开日记本。

"健治君，谢谢你。这个我明天回复你。"

健治一脸羞涩。我像往常一样躺在床上，却总是担心健治看到了我刚才的动作，身体紧绷。等我睡着了，健治会不会认真地检查我刚才做了什么？如果被他看到那张字条，也许今晚我就会被杀。我觉得身边酒气熏天的健治像个怪物，想尽可能躺得离他远些，他却对我喃喃道：

"小美，我喜欢你。我会尽快长大的。"

"健治君就是大人啊。"

我小声反驳，他却用力摇了摇头：

"我和小美一样，是小学四年级的学生。我们一起长大吧！"

我没有回答。只要白天的健治存在，健治就是一个成年男人。他为什么不承认这一点呢？健治看着天花板，叹了一口气：

　　"今天我们给谷田部先生开了送别会。他和社长吵架，辞职了。所以，我和谷田部先生一起喝了酒。"

　　"谷田部先生已经离开这里了？"

　　健治点头。我想把刚才的字条拿回来，但已经晚了。我担心得一夜未睡。健治似乎也有烦心事，痛苦地在床上翻来翻去。

　　漫长的黑夜过去，健治扔下还在床上磨蹭的我，利索地起来收拾东西。离开房间时，他转身对我说：

　　"小美，我把灯给你留着，你写日记吧。我午休时读。"

　　"好啊。"

　　我裹着被子回答。健治就要发现走廊上的东西了，然后他会回来把我杀掉。我浑身颤抖，根本停不下来。可是什么也没有发生。也许那张字条被风吹走，不知飞到哪里去了。我开始变得乐观。侧耳细听，走廊上总是有微风吹过的声音。我终于起床，打开电暖炉，翻开了日记本。

　　　健治君写了以前那个小美的事。我觉得她很可

　　怜。如果健治君是像诱拐我一样将她拐回家的，我

大概无法原谅你。健治君太差劲了。女孩子不是小猫小狗，也不是玩具，不是任由你摆布的东西。

我想尽快回家，想见爸爸妈妈，想去学校。我也想见朋友们，还想去学芭蕾舞。想读书，想出去玩。为什么健治君可以心平气和地把我关在这里？

一阵冷风拂过我的脸，外面的空气吹了进来。这怎么可能？我抬起头，大门开着，一个穿灰色针织衫的胖胖的中年女人吃惊地望着我。

"你是谁？怎么会在这儿？"

一切发生得过于突然，我茫然无措，说不出话来。女人莽撞地冲进来，久久地凝视着我的脸，然后大声喊道：

"你等一下！我去叫人来！"

她慌兮兮地飞奔而出。是我的脑子不正常了吗？还是说，我真的得救了？自昨晚便萦绕不去的妄想限制了我的思考，我叹了口气，然后走出门外，眺望至今为止从未见过的工厂二楼。

房间外面是一条狭窄的走廊，走廊的另一边是嵌着磨砂玻璃的窗户。我一转头，看见隔壁那扇有年头的木门正大大地敞着。那好像就是谷田部先生的房间。我赤着脚站在走廊上，反复地踩着地面。榻榻米之外的触感从脚底传来，新鲜的感觉让我欲罢不能。我趁着没人来，偷偷地看了看谷田部先生住过的房间。原来一直被我奉若神明的谷田部先生就住在隔壁，我们只隔着一堵单薄的墙。我之前怎么就没察觉到他的气息呢？如果听见谷田部先生平时发出的声音，我一定会鼓起更大的勇气。真是不可思议。而且，昨天晚上我塞出去的字条到底去了哪里？我走进谷田部先生的空荡荡的房间。房间的布局和健治的相同，榻榻米也褪成黄色，脏兮兮的。健治放床的墙对面，是谷田部先生房间的壁橱，拉门敞开着，里面一览无余。墙面上贴着一层胶合板，我上半身钻到壁橱里，将板子掀开一看，墙上竟然有一个小孔。

我猛地跑到走廊上，呆立着不能动弹。眼泪突然涌上来，模糊了我的眼睛。冬天的阳光透过玻璃照进来，很是刺眼。想来我的泪水是突然从昏暗的房间来到亮处，以至于视网膜不堪承受的缘故。得救了——我反复告诉自己。然而，我又得到了新的屈辱。灰心丧气的我蹲在走廊上，这个瞬间并未像我无数次幻想过的那样富有戏剧性，而是令我缓缓地陷入混乱。

不久，走廊上传来纷乱的脚步声，一个和健治一样穿着灰色工作服、有些衰老的男人和刚才的女人一起爬上楼来。他们看着我，窃窃私语了些什么。健治操纵机器的声音仍然从楼下传来，仿佛什么都未发生。

- 2 -

　　我于十一月十三日遭遇诱拐，历时一年一个月零两天获救。发现我的那个女人是社长夫人。她说那天来收拾谷田部先生的房间，发现健治屋里的电表在转，怀疑屋里有哪里漏电，于是用备用钥匙打开了房门。那段时间，吝啬的社长夫妇似乎因健治房间的电费居高不下而不满。最终我能获救，可以说是拜谷田部先生所赐，也可以说是我白天浪费电的意外之喜。

　　跟夫人一起来的那个穿工服的男人，就是健治一直咒骂的社长。两人面带几分恐惧，望了我一会儿，社长困惑地用讨好的声音问：

　　"你在这里多久了？"

　　"从一年前到现在。"

　　自我被拐来，正好过了四个季节，于是我推断应该正好过了一年。

"呐，难道说，"社长夫人忽然惊慌失措地抓住社长的工服袖子，"这是 M 市那个下落不明的孩子？"

"欸？"社长抓狂地高喊着，伸手指着虚空："你爸爸是在那家寿太郎食品工厂工作吗？"

父亲的工厂好像就在他手指的方向，我点点头。社长抱住自己毛发稀疏的脑袋，像是遇到了什么糟糕透顶的事。他手指上有好多倒刺，油污渗到指甲缝里，和健治的一模一样。可生着浓密汗毛的手腕上，却有一条粗粗的金链子在闪闪发光。

"听说那家厂子的工人为了找你还打捞了河道，没想到你竟然在这儿……"

那时我还不知道什么叫"打捞河道"，但得知父亲公司的人帮忙找我，还是很欣慰。我立刻想念起父母，眼泪潸然而下。终于能回家了——意识到这一点，我安心了些。

"你被健治带到这儿之后，就一直待在这屋里吗？"

这次换成女人来问我。她的声音里含着胆怯，和对我的同情相比，害怕自己家出乱子的情绪似乎更强。而且她那句"一直待在这屋里"，听起来像是我自愿留下来似的，在我听来很是不妥。我放低声音回答道：

"没错。"

"我去叫警察，你待在二楼别动！"

他们俩争先恐后地下了楼，脚步慌乱。工厂正常作业的轰鸣声就在这时戛然而止。一定是社长对健治说了什么。警察马上就会赶来，我终于可以回家了。我整个人放松下来，不觉有些精神恍惚，忽然想起摊在桌上的交换日记，赶忙扑过去，粗暴地撕下有我笔迹的纸页，将它们叠到最小，装进裙子的口袋里。我不想让别人觉得我和健治的关系很好。

　　我在前面写道："希望尽可能地表现出年仅十岁的我调动自己的智慧、体力、意志，使出浑身解数求生的过程。"然而，当事者以外，又有谁能理解十岁的我和健治之间的争斗呢？大人听说当事者是个十岁的小女孩，自然认为我会成为成年男子的玩具。就算我告诉他们我对夜晚的健治百般刁难，又有谁会相信呢？那时的我虽然年幼，却也意识到：得到他人的理解是复杂的、困难的，从而很快被无力感支配。所以，后来在接受警方的问询和精神科医生的治疗时，我都不曾提起那本日记。健治在审讯中似乎也对日记只字未提。审判记录中也没有提及交换日记的事。健治和我的交换日记只写过两次，那日记便消失得无影无踪。不，日记的内容保管在我这里，所以准确地说，是由我销毁了。

　　警察来之前，一定要把壁橱里面的小洞堵上——这一想法迫使我赤脚踏上走廊，又一次走进谷田部先生的房间。

我还想隐瞒这个刚刚发现的新耻辱。被我供为神明敬仰、憧憬，每日奉上祈祷，希望得到其帮助的谷田部先生，实际上竟然是健治的共犯。这残酷的事实击垮了我。

那个小洞打得比健治靠墙放的床铺高一些。我从洞口窥视健治的房间，在日光灯惨白的光照下，那展示在洞穴外的空间宛如一个小小的舞台。每天早晚，谷田部先生都在这里惬意地观望我和健治的生活。他中午不回房间。

忽然，一个恐怖的想法出现在我的大脑里。那种感觉就像轻而易举地解开了一道以为很难的考试题：健治选择在白天做那件事，夜晚与我和平相处，一定是因为他知道谷田部先生会在自己的房间偷看。想到这里，我逃也似的离开了谷田部先生的房间，甚至忘了堵上那个小洞。

我在冰冷的走廊上，浑身颤抖地等着警察来。健治那肮脏的床铺已令我不忍直视，我也无法再次呼吸房间里浑浊的空气。白天的健治、夜晚的健治、熏黑了的水壶里的水、从未清洗过的床单、鸭子便壶、壁橱里的红书包，还有谷田部先生房间里用来偷窥的孔洞。楼道里的风带上了谷田部先生房间的门，发出"哐当"一声。我堵住耳朵。一切事物都令人厌恶，都在玷污着我。回过神来，我正在走廊上用力跺脚，大喊着：

"脏！脏！脏！"

左脚脚心不知被什么东西扎了，我停了下来。只见一块拧成螺旋状的小铁渣刺进脚心，血流了一地。可我一点儿也不觉得疼，因为我的心早已血流不止，内心的痛苦完全超越了身体的疼痛。

　　警笛声由远及近，警车在工厂前戛然而止。楼下传来男人的怒吼、谩骂声，以及推搡的碰撞声。啊，健治被抓了。活该！我在楼上往下看，看到了沾满机油的水泥地，以及从房顶垂下的粗锁链前端的钩子。

　　我抓住楼梯扶手，正打算自己下楼，却撞上了正要上楼的年轻警察。警察的目光中流露出的惊讶和怜悯我至今难忘。是我的神态或姿势中表现出了什么吗？那警察呆呆地望了我一会儿，接着沉痛地垂下眼帘，冲了上来。

　　此时我也感到了屈辱。每个人都随心所欲地开动想象，畅想我究竟遭遇过什么。有人问：一个孩子哪里会有如此复杂的情感？这样的问题毫无意义。没有谁比孩子对屈辱更加敏感。因为孩子即使承受了屈辱，也无法雪耻。

　　得救后，屈辱长久地缠绕着我，终于像皮肤一般覆盖了我的全身。警方用起毛的褐色毛毯裹住我全身的时候，为了帮我避开周围跑来看热闹的人而将大衣罩在我头上的时候，我都感到了屈辱。那件大衣不仅为我挡下了好奇的目光，还将我从健治身边远远地拉开。听说健治当时祈求警官让他看我一眼，和我告别。他在被捕的瞬间大喊："我还没和小美说再见！"刑警狠狠地打了他一顿。从此以后，我再也没有见到过健治。而我在案件中得到的屈辱也随着时光的流逝逐渐变厚、变硬，如今变得像鳞片一般，仍然贴身守护着我。

许多看热闹的人将K市的警署围得水泄不通，在警署发生的事太过纷杂，远远超出了我的大脑容量。

我先被安置在警署顶层的和室。不知这间屋子是用来做什么的，总之宽敞得很，壁龛前装饰着给死人献的那种阴郁的白菊花。我依然裹着毛毯，有一位因青春痘而满脸通红的年轻女警察陪着我。

"已经联系你的爸爸妈妈了，他们马上就来。听说他们俩都高兴地哭了。你得救了，真是太好啦。"

这位说话直爽的女警察给了我一杯橘汁。我像饿狼了的野兽似的，咕咚咕咚地将果汁一口气喝完。太久没喝过果汁了，酸甜的味道令我淌下泪来。女警察也跟着我一起哭了。

"好可怜啊。你一定受苦了吧！"

穿白大褂的医生和护士急匆匆地赶来，那位满头白发的老医生脖子上挂着听诊器，站定打量了我的全身。我的营养状况很糟糕，体重减少了十几公斤，引起了贫血，上四年级时刚来的月经也停了。医生将冰冷的听诊器贴在我的上半身：

"有哪里不舒服吗？"

见我摇头，医生盯着我的眼睛劝诱道：

"不用害羞，我是医生。把一切都告诉我也没关系的。我不会告诉任何人。"

我从医生的话中感受到一种压力，他似乎希望我说一些性方面的事。他怎么可能不告诉任何人？肯定会告诉警察。敏锐地察觉到这一点之后，我不知该如何回答，只好低着头。健治对我做的那些事，我没法对任何人说。即使说了也不会有人理解——我明明如此绝望，医生为何硬要我说这些？见我露出困惑的表情，护士和女警官对望了一下。

"好啦，那个我们慢慢治吧。"

"那个"是指什么？我抬起头，年长的护士拉过我的手，捧在她的手心里，轻轻地抚摩。

"你被奇怪的人诱拐了，所以大家都很担心，怕他对你做了什么不好的事。"

"哪些不好的事？"

大人们咽了口唾沫，面面相觑。

"就是那种令人讨厌的事。"

女警察终于开口了，我却低着头，缄口不言。医生摸了摸我的头。

"这个包是怎么弄的呀？"

"被打的。"

女警察两眼放光。

"当时发生了什么事呢？"

"我说想出门，然后就被打了。"

女警官生气了，在征得护士的同意后，她说：

"换成是谁都想逃跑的呀，这不是自然的事吗！对一个十岁的小女孩施暴动粗，真是太差劲了。对吧？"

那时的我不懂得何为施暴，以为她指的只是暴力，于是点了点头，没有反驳。女警察认为我认可了，便将此事记录下来。其实我是因为谷田部先生走到房间附近，向他求救才被打的，但没人知道事情的真相。而且，我已经下定决心，不对任何人讲起谷田部先生。医生指着我的衣服，要我穿上。

"我们住院好好休息一阵吧。多吃些好吃的，看看电视，早日恢复健康，就能去上学啦。"

我的衣服已经一年没洗过了，散发着难闻的味道。而我之前竟然没有在意。我身上一定也散发着臭味。我把毛衣贴在鼻子上，仔细闻着味道。医生和护士在我不知不觉间离开了，又剩下我和女警察。女警察沉默了一会儿，小声问我：

"你一定很恨那个犯人吧？想让他被判死刑吧？"

见我点头，她流露出明显的个人情绪：

"所以，你就告诉我他都对你做了什么吧。如果不想说也没关系，但要尽可能地说实话。这样就可以让犯人在监狱里待很长时间。不说实话可不行哟。"

　　我叹了口气。如果讲出白天的健治和夜晚的健治的不同，也就不得不说到谷田部先生偷看的事。至于健治会被判得重还是轻，我倒是没想过那么多。我真正想知道的，是该如何面对自己蒙受的羞辱。

　　接着，来了一个穿着深蓝色毛衣的中年女人。她叫笹木，是一名精神科医生。笹木说，现在我肯定累了，等我住院的时候，她再去探望我。她留下这句话便走了。我松了口气，心里一直在想：到底什么时候才能回家？

　　拉门猛地敞开来，我的父母和两位穿着私服的警察出现在我面前。爸爸妈妈泪流满面地朝我跑过来。

　　"景子，太好了，太好了！"母亲紧紧抱着我，号啕大哭，"我一直相信，你肯定还活着！"

　　母亲好像发现我身上臭烘烘的，脸上闪过一丝讶异。

　　"可恶！离得这么近，我们却一直找不到你！好后悔啊！要是早点儿把你救出来该多好！真想杀了那个畜生！"

　　父亲一个大男人也哭得不像样子，他不住地对刑警和女警察道谢。我在母亲怀里瞥望父亲，心想：我的爸爸妈妈是这样的吗？母亲瘦了一圈，眼睛和面部的线条都变得僵硬，说话的声音也比从前的低沉了。父亲的脸也尖了，显得贫气，抽抽搭搭的样子像个小孩。尽管如此，他还是比平时更有威严。可以说，虽然与阔别一年的父母重逢，但我从他们身上感受到的是陌生。

那天傍晚，我在父母的陪伴下，从 K 市警署住进 M 市内的医院。没有人告诉我有关健治的任何消息，我无从得知他的状况。

医院给我做了检查，说我营养不良、贫血、脱水、头部有轻微的挫伤，还有冻疮，等等。我住进特殊病房，接受了一个月左右的治疗，体力很快得到恢复，甚至开始觉得无事可做。在这段时间里，脸颊红红的女警察和母亲争先恐后似的每天来看我，关照我的身体状况和精神状态。而在警署的和室里认识的那位名叫笹木的精神科医生，似乎算准了我体力恢复的时间，她来到我病房的时候，已经接近年末了。

"你好啊。看你比之前健康了许多，太好了。"

我起初以为笹木是一位朴素的中年女子，此番在明亮的病房里一瞧，原来不过三十多岁，说是中年有些委屈她了。那天她穿着一件带红花纹的绿毛衣，衣服的配色勾起了我的回忆。

"明天就是圣诞节了嘛。"

哦，原来如此。我第一次意识到，成长到现在，自己错过了一些节日。和健治一起生活时，我错过了圣诞节、新年、女儿节。对我来说，和他生活的一年平淡无奇，没有节日与平日之分，有的只是昼夜的交替和温度的变化。

"这是带给你的礼物，恭喜你康复！"

笹木递给我一只小熊布偶。可我已经是一个长着娃娃脸的老人了啊。我不觉得开心，但还是道了谢，将小熊放在旁边的桌子上。笹木也未表现出尴尬，拉过一把椅子放在床边，和我保持着不远不近的距离。这种微妙的距离感反而让我不悦。我合上漫画，摆弄着母亲要我穿的粉红色睡衣的袖口。

"你睡得好吗？"

我点点头。笹木很有耐心地面带着微笑，等我开口说话。我打定主意，绝不开口。笹木这种人，想要引着我说话，从而窥见我的内心。可只有和我有过同样遭遇的人，才能治愈我的创伤。沉默持续了十分钟以上，笹木站起来，沉稳地说：

"我会再来的。"

她再来时，已经过年了。医院的食堂没有年糕，母亲答应我会从家里带年糕来，我正等得心焦，笹木来了。她给我看了看大衣肩上积的一丁点儿雪花。

"屋里真暖和。外面下了好大的雪。"

"我知道。"

我把目光投向窗外，但无法久看。好久未见的雪景如同得救那天照到我眼中的阳光，到底还是让我的眼睛感到疲惫。

"我想把这个送给你。这是我昨天在文具店买的。"

那是一本印有小猫图案的日记簿。我想起那本和健治交换的日记——被我偷偷藏起来的日记。难道笹木知道了日记的事？我心有忐忑。笹木眼中一瞬间闪过一抹好奇，那是发现猎物时的晶光。从这天开始，我彻底对她封闭了内心，她来的时候，我就一句话也不说。

我反而和那位直爽的女警官亲近起来。她名叫泽登加代，毕业于当地的私立大学。她自豪地告诉我，当警察是她多年来的梦想，她以第一名的成绩通过了选拔考试。之所以想当警察，是因为她的父亲、叔叔和哥哥们全都是警察。除开脸蛋通红这一点，泽登算得上面容姣好，可她又矮又壮，还是罗圈腿，所以在我心中，她就像一只容貌端正的螃蟹。不过，泽登似乎并不介意自己的身材，我们熟悉之后，她偶尔还会在我的枕边摆出职业摔跤的动作。她说过，如果没当上警察，就想去做一名职业摔跤女选手。

让泽登陪在我身边，是县警察局的苦肉计。他们不知如何应对长期儿童监禁案这类特别的案子。当时，M市的警方在 K 市搜查时敷衍了事，K 市的警方则摆出一副事不关己的模样。由于舆论发难，认为形成长期监禁的局面是两市警方的失职，此案便交由县警处理。因此，警方的人待我都是小心翼翼的。基本上可以理解为，没有人真正去面对、调查这起案子，没有人愿意仔细将案情查个水落石出。刑警曾来取过证，但取证时有父母全程陪同，我几乎什么也没说，刑警也单方面认定我不过是个小孩，没有正经提问。我唯一被问到的，是有关"小美"的事。

"听说健治叫景子'小美'，这是为什么呢？如果你知道原因的话，能不能告诉我们？还有，你听过'太田美智子'这个名字吗？是一个二年级小朋友的名字。"

我摇头，转而问警方健治的情况。刑警们交换了眼色，只说了一句"景子不用替他担心"，便不再问话了。无奈，我只好试图从泽登那里打听健治的消息。

泽登透露给我的净是些稀奇的事。比如，谷田部先生房间壁橱里的洞口曾深深地刺痛我的心，警方竟然没有发现。还有，事到如今，仍然没人知道谷田部先生去了哪里。

警方竭力搜找，希望从谷田部先生口中听取案件情况，可别说是 K 市市内了，就连附近的小镇或乡村也找不到他的行踪，谷田部先生就这样人间蒸发了。而且，"谷田部"原来是他的假名。社长夫妇提供的工作环境那样恶劣，能雇到的只有像健治那样年纪轻轻便被社会抛弃的边缘人士，或像谷田部先生那样不明来历和姓名的流浪者。

"谷田部先生是个什么样的人呢？"

泽登一面啃苹果，一面思考如何回答我的问题。苹果是班主任和小学校长来探望我时带来的。女班主任哭哭啼啼地对我说："大家已经升上五年级一班了，但同学们会帮助景子学习的。"然而，没有人知道我在这一年里究竟学到了什么，又是如何学到的。

"我们连他的照片都没找到，所以我也不知道。不过听说，他是个四十五岁上下、有点儿胖的叔叔。耳朵听不见，左手少了一根小指。也许他以前是黑社会的吧。"

我曾发誓，迟早有一天要亲自找到谷田部先生。健治被抓起来关进拘留所，而谷田部先生不光以偷看我为乐，还扔下我不知跑去了哪里。不可饶恕——我幼小的心灵燃起了复仇之火。

"景子为什么想见谷田部呢？"

泽登突然问起来，我不知道该如何回答。

"因为我气不过：他就住在隔壁的房间，为什么不来救我呢？"

"他听不见嘛，这也没有办法。"

泽登是不会考虑"除此之外"的人。也许正因为如此，我才觉得她好相处。和她相反，我思考发生的事时，也会考虑"除此之外"。

有一天，泽登绷着脸来到病房，显得十分紧张。母亲刚走，我正觉得无聊，便问她："发生什么了吗？"

"笹木大夫说了，这件事绝对不能告诉你。她说你听了会害怕的。"

"我才不会怕呢。告诉我——"我认真起来，"我保证，不会告诉笹木大夫你跟我说了什么。"

和我的关系亲近之后，泽登利索地抛下了她的职业面具。看到护士和我亲近地说话，她甚至都会嫉妒。所以我相信，泽登是唯一真正同情我的人。

"景子的案子闹大了。医院来了好多媒体，在外面乱成一团。昨天，工厂后院发现了一具女孩子的尸体，跟很多小猫小狗的尸体混在一起。"

"是太田美智子的尸体吗？"

"还不知道。"泽登谨慎地答道。

"健治怎么说？"

"他好像承认了，说那就是太田美智子。"

"那不就是喽。"

"可是，那具女尸的年龄大概有二十岁啊。"

我吓得发出一声惨叫。怎会有如此诡异之事？可是，查遍全国也没有名叫"太田美智子"的孩子失踪的案件记录。

此外，还有一件事情没弄清楚：我塞到门外的字条到底被谁拿走了？最有可能拿走它的人就是谷田部先生。他原本已经离开，又回来一趟，拿走了字条。其次就是健治本人。但如果他早上去工厂时捡到了那字条，一定不会没有任何反应。不管怎么说，那时的他可是白天的健治。但是，那天早上他却允许我开灯。健治身上一定发生了某种变化。如果是这样的话，无疑是健治救了我。那就说明，除了白天的健治和夜晚的健治，还有一个好人健治。除此之外，还有一个坏人健治，杀害了"太田美智子"。

"无论如何，健治的脑子不太正常，所以查明案件的真相并不容易。"

我觉得健治是正常人，因此对泽登的判断产生了疑问。

"健治不正常吗？"

"肯定不正常啊，他居然诱拐小女孩……"还对其施暴——泽登把后半句话咽了回去。大概是随着对我的了解加深，她发现了我的伤有多重。

"景子，健治有没有对你做过奇怪的事？"

"没有。"

我想起白天的健治，脱光我衣服的健治。想起我紧闭双眼，咬牙忍耐的情景。而泽登似乎松了口气：

"太好了。还有小孩因此怀孕呢。"

"健治很温柔，脑子也不笨。他写东西很有逻辑。"

我一开口，便停不下来。我太想掩盖与性有关的事了，竟不由自主地主动讲起温柔的、夜晚的健治来。

"你怎么知道他会写东西？"

"忘了之前在哪里见过了。"

"嗯——"泽登抻开警服上的褶皱，露出难以置信的表情。我们的话题转移到出院上。险些暴露日记秘密的我如释重负地随口说了一句："好想赶快回家啊。"不过就连我自己也不清楚，这句话究竟是真是假。我有预感，就像我觉得父母和从前有了微妙的变化一样，回家之后，我一定也会感受到某些不同。

第二天本不是笹木该来的日子，她却来了。笹木将黑色外套拿在手里，像往常一样笑眯眯地坐在椅子上。她每次都会给我带一个小礼物，那天却是空着手来的。

"听说你马上就要出院了。景子，出院后也要来我的诊所哟。"

"好的。"我顺从地回答。不管怎样，现在还没人知道我究竟受到了何种程度的伤害。无论是肉体上的，还是精神上的。只要我不说出来，这便是父母、警察、医生都无法涉足的唯一一块领域。意识到这一点后，我决定永远对此只字不提。之后就是看谁更有耐心的事了。

"有一个词叫'创伤后应激障碍（PTSD）'，指遭受过巨大打击的人的心里会留下创伤。如果不治好这创伤，也许很多年之后还会突然出现症状。如果景子心里还有伤，我希望和你一起把它治好。请相信我吧。"

笹木站起来，走到窗边。

"也不一定要和我说话，可以试着在之前给你的日记本上写些什么。"

她转身面向我："你讨厌写东西吗？"

"倒是不讨厌。"

"景子有没有看过健治写的东西？"

我恍然大悟，原来笹木和泽登是一头的。泽登和我套近乎，然后把得到的信息告诉笹木。每一个大人都使出浑身解数，想知道我的秘密。不，是健治和我的秘密。我觉得自己处于孤立无援的境地中，可以在里面自由自在地行走，去任何想去的地方，但没有任何人理解我。我终于发现，这段被健治诱拐得来的体验，使我无论走到哪里、和谁在一起，都只会越发孤独。

由于发现了尸体，健治涉嫌的罪名变成了长长的一串：连续诱拐女童、杀人弃尸。我的证词因此变得重要起来。听说由于我对案件的核心避而不谈，警方对健治进行了极为残酷的审讯。可是，健治也几乎什么都没说。他似乎对警方说，"小美是自己来我房间的"。健治口中的"小美"，究竟是我，还是"太田美智子"，抑或是那个二十岁的女子？一切的一切都还笼罩在云雾之中，漫长的审判却已开始。我一次也未出庭。因为泽登和精神科医生笹木认为"出庭会造成过大的精神打击"。在这一点上，我还是感谢她们二位的。只是，这世上再没有一个我信得过的人了。

恢复体力后，我将在父母和泽登的陪伴下回到家中。那是我阔别一年零两个月的家。护士们纷纷笑眯眯地问我："你一定很高兴吧？"我却只觉得恐怖。随着时间的流逝，我在刚刚获救时感到的那种细微的违和非但没被抚平，反而越来越明显。重新回到这个世界，我觉得它的样貌似乎和之前有了区别。

被健治囚禁在房间的时候，我无数次梦到自己在家中平安无事的生活。现在仍然能回想起来，梦中的我悠闲地躺在客厅的地板上，听见母亲的歌声，然后四处找她。母亲藏在壁橱里，我打开拉门，大笑着高叫道："找到啦！"可醒来后，环顾四周，现实中的房间狭小又肮脏，躺在身旁的陌生男子鼾声连连，透过昏暗的光线勉强能看到的壁橱里放着一个红色的学生书包。我醒来一次，便失望一次，巴不得眼前的现实是一场噩梦才好。这时，我会强迫自己闭上眼睛，试着再次沉入睡眠。如果梦境是快乐的，那不如索性走入梦的世界。被囚禁的那段时间，我有些嗜睡，多半也与想要逃避现实有关。

然而，为我平安获救而欣喜的大人们，深信他们可以为我打造一个与被拐之前完全相同的世界。他们张开双臂欢迎我的归来，告诉我："这里有一个安稳和平的世界！"却没有人发现，这个世界的变化正让我感到不安和胆怯。

病房里没有榻榻米，也没有拉门。所以，我才能在医院住下去。进一步说，病房里也没有贴着黑纸的窗户，没有钉了几层胶合板的陈旧房门。除了医生，我不必见到任何男人。可是，我家里有榻榻米，有拉门，还有壁橱。我的学生书包是红色的。父亲和健治一样是男人。只要走出小区的长廊一步，就能看见许多男人。对我来说，一切让我想起健治的房间和健治本人的东西，都是可怕的。

一月中旬的一个晴朗的午后，我出院了。我们避开媒体，从医院的后门偷偷离开。院长、医生、护士们、警长等人目送我坐上来接我的车。那是一辆宽大的黑色轿车。父亲面露喜色地告诉我，这是他工厂的社长特意为我租的。那天北风凛凛，插在车头的公司旗帜在风中猎猎飘扬，仿佛随时会被撕碎。

"景子，你现在是什么感觉？"

母亲拉过我的手。她每天都来医院看我，可久别重逢时的那种违和感至今仍未消失。母亲有了微妙的变化。可我抓不住变化的实质，搞不清具体是哪里发生了怎样的变化。重逢时憔悴的母亲，脸上渐渐有了肉，有时也像以前那样高声欢笑，仿佛是回到了原本的样子。但我总觉得，她凝视我的眼神之中，多了一种凝视陌生人的冷淡。父亲也变回了那个总爱在意身边人的感受的普通人，可提起健治，他张口就是"那个变态"，责难的语气中充满了狂躁。

如今回想起来，并不是母亲或父亲变了，而是经历了监禁生活的我发生了巨大的改变。面对女儿的转变，我的父母困惑不已，不知该如何与我相处。或许我不在家的这段时间，父母也发生了改变。但在很长的时间里，我都没有意识到自己的变化。

"景子，你现在在想什么？"

见我不搭话，母亲小心翼翼地又问了一次。

"社长也去医院探望过吗？"

"没有啦。"父亲苦笑着，却怕被公司司机听到，小声说，"社长人在东京。但他听说景子获救的消息，也为我们高兴。他特意拍了电报祝贺，还送了慰问品。这次又安排车子来接，我真的很感谢他。厂子里的同事也都很开心，高呼了三声万岁呢。"

父亲的声音粗重低沉，令我想起健治的电动剃须刀发出的低吼声。我一直沉默，父亲大概是为自己的兴奋劲儿感到难为情了，就不再说话。母亲应付场面似的，问出和护士一样的话来。

"能回家了，你一定很高兴吧？"

"嗯，高兴。"

听到我鹦鹉学舌般的回答，父亲的声音更加明亮了：

"我们给你准备了一个房间呢。"

"欸？怎么准备的？"

我惊讶地反问。前面提到过，我家是两室一厅的小区房。母亲汗淋淋的大手攥住我干燥的手指。

"我们把钢琴卖了，所以屋里宽敞了些。"

"为什么要卖掉钢琴？那不是妈妈很宝贝的东西吗？"

母亲的声音拔高了：

"没关系，没关系。从你不见的那一天起，钢琴班就停了。今后妈妈会好好待你，只守着你一个。所以，钢琴就不需要了。我原本以为你再也不会回来了，可你还活着，现在还能平安地回到家。我的爱好如何，还有什么所谓呀。妈妈真是好开心好开心啊！前些日子又听说发现了一个女孩的尸体，我更觉得你能平安回来实在是太幸运了。只要你能回来，妈妈就别无所求。以前我根本不信神，现在，我相信神真的存在。妈妈充满了感恩，每天早上都要向神祈祷呢。"

母亲感慨万分，哭了起来。父亲也用双手按住眼角。

"真是太好了，太好了！"

坐在副驾驶位置上的泽登好像也听到了我们的对话，她转过头望着我，束在脑后的头发松散地垂下来。她对上我的目光，微微一笑，又把头转了回去。但我看出她也颇为动情，眼中同样噙着泪水。在眼含热泪的父母和泽登的包围下，我向车窗外望去，已经能看到我住的小区了。母亲为了我卖掉了钢琴——这个消息令我格外难过。我本不希望被大家如此关照的，周围的一切却都渐渐变了模样。为了接纳我这个沉重的存在。

首先映入我眼帘的，是 T 川河岸上成片的樱树。早春的樱树枝上顶着小小的、坚硬的花苞，枝条中含着一抹浅红。樱树后面就是 T 川，浑浊的淡黄色河水从中流过。河对岸是 K 市。尽管不情愿，我还是回到了能看到 K 市的家。看到家家户户的阳台上晾着的被子，我就知道父母特意选了孩子们都去上学的时间接我回来。只有在上班族和孩子们都离开的午后，小区的阳台上才会晒满洗好的衣服和被子。

然而，阳台上出现了一排平时很少见到的东西：黑色的脑袋。家庭主妇们听说我要回来，全都跑到阳台上向楼下张望。非但如此，我家所在的 B 栋楼下居然还有一群大人，难道是等着迎接我的？看到攒动的人影，我顿时泄了气。

"欢迎回来，景子！"

下车后，迎接我的是小区理事会的理事长、町内会会长、PTA 会长、学校校长等一大群有头有脸的领导。人群一拥而上，雷鸣般的掌声响起。当然，当时的我压根儿分不清谁是谁，面对这一大群成年人，只是感到茫然。只有一个穿红毛衣的小女孩抱着一束花站在这群大人当中，她叫稻田惠美。在读四年级一班时，大家公认她和我关系最好。

惠美住在 E 栋，父亲是钢铁工业方面的技术员。她在班上表现积极，又是当学习委员，又是当生活委员的，是个性格活泼的女孩。以前，她常常邀我加入她的小圈子，也曾来找我一起回家。那似乎是对备受孤立却成绩优秀的我的同情和好奇心使然。如果一个小女孩身上也有母性光辉的话，惠美便是一个散发着错误的母性光辉的孩子。

"欢迎回来，北村同学。祝你早日康复，回来上学。到时候，我们还要一起玩、一起学习！"

惠美的脸上写满了紧张，她语速飞快地说完这些话，将那束沉甸甸的花递给了我。这束扎了许多玫瑰、豌豆花和菊花的花束配色恶俗，各种气味混杂在一起。我接过花束，虚弱地握了握惠美伸过来的那只冰凉的手。她一瞬间露出难堪的表情，很快便回过神来，抬起头迎接大人们的赞美。稀稀拉拉的掌声响起。大人们已开始怀疑自己是否做了一件糟糕的事，因为受惊的母亲对大家的欢迎提出了抗议。

　　"多谢各位的迎接，可能不能让我们静一静？"

　　町内会会长沉稳地挡开母亲突发的怒火。

　　"太太的心情不难理解，但我们当时也都尽力配合了搜找呀。现在孩子找到了，大家都放心了。就想看一眼平安归来的景子。"

　　"我们家孩子不是展览品。"

　　母亲激动地提高了尖细的嗓门儿。父亲"哎呀哎呀"地在一旁劝慰，被她狠狠一挥手打断了。

　　"她今天刚刚出院。难道不是吗，老师？"

　　母亲逼着校长发话，校长则尴尬地看了看班主任。班主任搂着惠美的肩膀低下头，显得很内疚。

　　"您不是也说过吗，要站在景子的角度，替她着想。"

　　班主任被母亲的气势压倒，开始给自己找台阶下。

　　"您说得对。景子应该也累了。"

"太太，这就是一个小小的欢迎仪式，很快就结束了。大家一起庆祝景子开始了新生活，也不是一件多大的事。"

小区的负责人试图劝说母亲，但母亲毫不理会。她紧紧地抱着我，那架势仿佛要替我挡住世人的目光。父亲则转着圈跟大伙道歉。我听见大人们安慰着他：

"北村也真是受累了，太不容易了。我们会帮你们渡过难关的，今天就先这样吧。"

大人们似乎话里有话，仿佛在说："有这么一位歇斯底里的太太，你可真不容易。"就这样，迎接我重获新生的仪式一眨眼的工夫就结束了。走出电梯，经过开放式的走廊时，家家户户都打开了门，人们都想看看我。我表情僵硬，像服苦役一般走过长廊。身旁的泽登小声对我说：

"景子，你一定要去笹木大夫那里哟。"

"我知道，可是……"

"可是？"

"我不想去。"

泽登难过地望着我。

"为什么呀。景子遭遇的事情比你自己想象的还要残酷，光靠自己疗伤是不行的呀。"

光靠自己疗伤是不行的——这句话触动了我。我没想过要自己疗伤，只是觉得背上的东西压得我喘不过气来。即使想扔掉那东西，它也不会消失。稍不留神，就可能将我压垮。既然如此，我要如何是好？原来曾经梦寐以求的自由，比我想象中的复杂许多。原来有一种名为自由的束缚，还有一种名为束缚的自由——这个事实，几乎要从身体内部将只有十一岁的我捣碎。

这时，奇怪的事发生了。谁也不理解我——这个想法令我想起了曾经恨之入骨的健治。我忽然觉得，只有健治才理解我。这种情绪开始在我的心中盘桓不去。健治是害我的人，又是理解我的人。是他令我落入如今这般命运，也只有他能使我得到救赎。我和健治的关系就是如此扭曲，尽管案件已经告结，我们的牵绊仍然像莫比乌斯环一般，永远不会结束。

我确实拥有了一个房间。父母的卧室变成了客厅，桌子和沙发的位置都和从前不同了，以前母亲教钢琴的客厅成了我的小天地。原先放钢琴的那块榻榻米因为承重而深深凹陷下去，父母在那上面铺了一块廉价的地毯，置办了一张新的书桌。崭新的五年级课本放在桌上，还有我的红书包。我赶忙扒开书包，坐在桌前，将它放在地上。唯一令我高兴的是，书桌的抽屉是带钥匙的。我把一直藏在衣兜里的、和健治的交换日记放进抽屉里，上了锁，把钥匙藏在一个隐蔽的地方。这之后，我终于放松下来，趴在书桌上。

"我之前可没听说！"

隔壁房间传来母亲的怒吼。她在为今天那伙人迎接我的事跟父亲争执。父亲怕我听见，声音压得很低，我听不清他说了什么。但母亲激动地喊得很大声。学声乐出身的她嗓门儿尖厉，房间的墙壁都跟着她的声音共振。我不由得联想起工厂的噪声。

"你总是一副老好人的模样！如果你是景子，今天遇上这种事，该多难受啊！这孩子已经有过那么惨痛的经历了，现在还要当众出丑！"

当众出丑。我这才意识到，自己讨厌小区阳台上的黑色脑袋，讨厌人墙外面踮着脚尖看我的那些人的目光。这些人不是和谷田部先生一样吗？这些目光是窥视他人不幸的"无罪之人"的目光。我将脑袋抵在桌上，眼睛里流下泪来，但泪水很快止住，不久便干涸了。

- 3 -

　　不容置疑的是，写这本书稿的我已经是一位三十五岁的小说家了。青春渐渐走远，但尚未来到中年，是一个不上不下的年纪。我常常午后起床，先泡一个澡，然后在便利店或录像带出租店打发下午的时间，直到深夜才面对电脑。我胡乱写些和电视节目有关的无聊随笔或电影软文，一直写到天光大亮。我只和工作伙伴交流，见到邻居便垂下眼帘。平时也没人来找我，我得以不和任何人见面。持续过着这样的生活，我的记忆仿佛被抻平了。我忘了昨天吃了什么，也想不起前天看的录像带的内容，就连编辑的名字也会搞错。可是，为什么我能把那起案件的细节记得如此清晰呢？在回忆那起案件的时候，往事依然历历在目，我不禁为此惊叹。

　　我的这份记忆是切中体肤的，也是立体而生动的。我连健治房间里的馊臭味和赤脚踏在榻榻米接缝处留下的脚印都记忆犹新。水壶里的水在口中散开的铁锈味，飘荡在楼道里的晚饭味……记忆仿佛迫切等待着我的发掘，一个接一个地在我的身体里苏醒。原来，这些藏在我大脑褶皱中被我认为早已忘记了的记忆，一直在静悄悄地呼吸，盼望着早日破土而出。

所以，此刻的我和写处女作时一样，抑制不住文字的奔涌。那时，我用自动铅笔将文字写在数学笔记本上，此刻则是疯狂地敲击键盘。这疯狂的势头，也许是我自身想将案件记录下来的佐证。健治写来的信还放在书桌上。这个男人或许也同样在回忆那段往事。就这样，两个绝对不会相交的世界诞生了。

在家待了一个多月后，回学校的日子临近了。新学期就要到来。小学四年级第二个学期上到一半时我被诱拐，失去了五年级一整年的时光，即将进入六年级的新班级。我回家时正好是一月中旬，且之前成绩优秀，老师们认为我即使跳过五年级的课程，也能跟上六年级的授课进度。这样的安排中还有一层考虑，是不想让我太引人注目。

"明年就上初中了，没事的。稍微忍一忍吧。"

母亲一面用中粗的毛线织不合季节的毛衣，一面说。我望着吱吱作响的毛衣针下面密实的针脚，心想：哪里没事了？住宅区里建了配套的小学和初中，二者是挨着的。小区里的孩子从小一起长大，初中也是同一所。大人们不假思索地认为孩子们熟悉彼此的秉性是一件好事，但持续受到监视的孩子们备受束缚，上初中后往往变得桀骜不驯。我听说初中体育馆的后院地上到处扔着烟头，窗玻璃永远是破的，走廊上积满了灰尘。孩子们进了学校，看见这样的校舍也许更加狂暴了，眼神一下子变得凌厉，像饥饿的野狗似的，要么抱团撒野，要么蜷缩在一起。所以，小区里的小学生都害怕初中生。然而，母亲却根本注意不到这些实际情况。

"上到初中，大家都懂事了，肯定都会关照你的。"

母亲集中在毛衣针上的目光倏地瞥到一旁。四月马上就要来了，她却专心致志地为我织毛衣，仿佛是想拼命弥补之前不曾给予我的母爱，这让我浑身难受。回家以后，母亲在我的床上又铺了一条被子，每晚都要守到我入睡后才合眼。父亲大概是放心了不少，在外面喝酒晚归的日子多了起来。也许整日贴在我身边，想要保护我的母亲其实满心忧郁。

母亲所说的，是邻居们对我的态度，过度的可怜与关心。回来那天站在阳台上看我的邻居们的目光，绝不会从我身上移开。因为我遭遇的这起诱拐监禁案不仅引起了全国的关注，还让人们意识到这起诱拐并不普通。人人都想窥探我回家后如何生活，想知道我之前和健治过着怎样的日子。我的缄口不言也是激起人们好奇心的原因之一。

例如，我回家后的第二天，小区的儿童会送来了慰问品，是彩色铅笔和几封孩子们写的信。"景子，欢迎你回来。你能平安回来真是太好啦。大家都替你高兴。今后我们一起玩哟。"这些信的内容令人作呕地一致，只是写信人的年级越高，信里的汉字越多罢了。然而，其中混着这样一封信：

"景子，你平安无事真是太好了。不过，我妈妈说，你被男人强迫做了下流的事。听了这个消息，我觉得你很可怜。你要加油，不要因为这起案件被打倒。"

写信的是在上芭蕾舞课时，曾经嘲笑我装模作样的女孩。可要说这封信是她故意写来伤害我的，又不尽然。这个女孩似乎真心同情我，还带着自己做的曲奇饼干来我家探望过我。是她教会我，承受的伤害越深，日后的疮疤就越会被周围人的善意与同情轻易地揭开。

偶尔外出，立刻会有许多双好奇的目光集聚在我的身上。有一次，我和母亲一起出门，在小区里的超市遇到一个男孩。他见了我便得意地提问：

"犯人到底对你做了什么？"

这个问题简直整合了大家对我全部的疑问。它被问出口的刹那，周遭的大人和孩童都吸了一口气，安静下来听我的回答。那男孩大概上四年级，已经学会用狡黠的目光观察周遭和我的反应。我一言不发地垂下眼帘，母亲将我挡在身后，对那男孩怒吼：

"你给我滚！"

男孩被母亲的反应吓了一跳，逃到一边去了。而母亲将她的愤怒摆在脸上，瞪着店里的每一个人，仿佛要与全世界为敌。超市的店员跑来看发生了什么事，母亲对着他絮絮叨叨地抱怨着：

"什么嘛！孩子丢了的时候，你们马上就全当没事发生了。恐怕是认为她早就死了吧！现在，她好不容易平安回来了，你们却逮着机会就想打听她经历了什么。真是无耻下流，烂透了！"

"妈妈。"我拽拽母亲的袖子。母亲的愤怒令我更加显眼，可她却甩开我的手，继续说个没完：

"难道说，这孩子平安回来，反倒让你们失望了？难道她就该像你们期望的那样，死了才好吗？"

"谁也没这么说呀，太太。您还好吗？"

店员没想到母亲会如此动怒，试图安慰她，可母亲的怒火一旦溃堤，就一发不可收拾。

"不，他们就是说了。不然为什么要用这么卑鄙的眼神看着我们？你看看这些人，还有那些人！"

母亲指着在远处围观的主妇们。一位中年主妇大概是看不下去了，拉住了母亲的胳膊。她家的小孩曾经在母亲这里学过钢琴。

"北村太太，我们走吧。景子怪可怜的。"

"她哪里可怜了？"母亲不依不饶，"你倒是跟我说说，她到底可怜在哪里？你说不出来吧？"

"你这样大吵大闹的，景子心里肯定不好受呀。好了，我们回家吧！我送你们回去。"

母亲像是终于发现了我在身边似的，低头看着我，然后双手遮住脸，哭了起来。超市的提篮翻倒在地上，篮子里的酸奶滚了出来。见此情景，几位主妇跑过来安慰母亲，把我们送回了家。到家后，母亲依然不住地流泪，直接盖上被子睡了。就这样，我与母亲渐渐和周遭疏远开来。

母亲的情绪起伏令我痛心。她整日为被害妄想所苦，还总是强迫症一般担心我会被什么人掳走。我能深切地体会到她的痛苦，为此心如刀割。尽管我已获救，但看到我写下的生活中发生的种种，读者便会明白我处于多么不稳定的环境之中。而母亲的妄想也有针对我的时候。

"你那时候是不是想从我身边逃走？所以才跟在那样一个男人身后？"

被健治拐走的那天晚上，我确实讨厌着母亲。我讨厌她让我去隔壁的街区学芭蕾舞，讨厌她总是让我穿同一件紧身衣，讨厌她粗俗的行为举止。所以，我沉默着，不回答她的提问。于是，母亲开始对我百般刁难，但最后又总会向我道歉。

"对不起啊，对不起啊。居然会责怪你，我真是最差劲的妈妈了。我怎么会说出这样的话来？对不起啊，对不起啊。要怎么做，你才会原谅妈妈？"

找不到我的时候，母亲每天都这样责怪着某个人。有时候是犯人，有时候是父亲，有时候是毫无关系的别人，最后又总会怪到自己头上。我和母亲都变得和从前截然不同，我的转变悄无声息，而母亲的转变显而易见。

四月初，新学期临近的时候，发生了一件对我来说很重要的事。一个男人和笹木一起来我家拜访。这男人我第一次见，不是刑警，也不是儿童保护协会的人。他的弯刀脸上架着一副黑边眼镜，深蓝色的西装里面是一件白衬衫，打着一条俗气的领带，穿着并不考究。男人仿佛很赶时间，走形式似的对母亲寒暄了几句，立刻转身面对着我。

"景子，他是检察官。"

"检察官"的日语发音和"健治"相同。笹木没有发现我的慌乱，不紧不慢地在旁边说明。我之前从未对外透露过，自己习惯叫他健治。

"这是检察官宫坂先生。"

宫坂似乎急着办事，他从自己的包里拿出文件，动作好像有些不自然。我看了看宫坂的左手，慌忙移开了目光——他的左手竟是一个精巧的义肢，是用接近皮肤颜色的橡胶类材料做的。

　　"你好，景子。看到你精神不错，真是太好了。我今天来，是有些问题想问你。因为不忍心让你特意去找我一趟。今天不会耽误你太多时间的，可以吗？"

　　宫坂发现我注意到了他的义肢，但毫不介意我异样的神色，仍然利索地讲话。笹木还是笑眯眯的，安静地坐在一旁。我望了笹木一眼。

　　"笹木大夫，不好意思，我想和景子单独聊一聊。"

　　笹木催促着不安地僵立在一旁的我的母亲。

　　"那好，我们就去那边等着。"

　　宫坂仅仅注意到我的目光，就明白了我讨厌笹木在场，理解了我无声的抗议。

　　"景子，我是负责你案件的检察官，我对这起案子还不太了解。如果你愿意的话——这个要看你的意愿哟。如果你愿意，希望你能多和我说一说。可以吗？"

　　"可以。不过……"

　　"不过什么？"

　　"我可能也不是很了解。"

宫坂惊讶地凝视着我。

"原来如此。景子是个聪明的孩子呀。有些事，我们可能都弄错了。具体错在哪儿了呢？我想，也许是大家都没有接受你很聪明的事实。为了得到孩子的供词，我们都不由自主地采取对待小孩的态度来对待你。有时候好不容易问出一些东西，又觉得这是孩子说的，不能尽信。可实际上，也许我们应该把你当成一个成熟的人，认真理解你说的话。不然，就会错失真相。"

"是哟。"我含糊其词地回答，心里已经拉起了警报：不能让这个敏锐的男人夺走我的秘密。

"我怕笹木大夫担心，就不花太多时间了。所以，我就开门见山地问了，好吗？"

宫坂将他的橡胶义肢和右手叠在一起。义肢比右手小一些，像女人的手似的，指尖纤细，手形优美。但右手明显是男人的手，骨节分明，刚劲有力。

"其实呢，学生书包里那个叫太田美智子的女孩，我们一直没有找到。可是，她应该也不是那个身份不明、二十岁左右的女性。因为那本教科书是最近的课本。所以，现在我怀疑，也许是犯人安倍川健治将自己扮成女孩，并在课本上写下了那个名字。我说的这些你明白吧？"

我假装糊涂，装出不太自信的样子，歪着头思考，实际上是在掩饰自己的颤抖。

"于是，我打算给安倍川做一次笔迹鉴定，但他说他不会写字，只会写自己的姓名。工厂的人也给出了同样的证词。但我们在他的房间里找到了笔记本，我觉得，他应该还是写过些东西的。景子有没有见过他写字？"

"没有。"我立刻否认。

也许是我否认得太快了，宫坂做记录的手停了下来。我看出他的目光中有一瞬闪过强烈的猜忌和若有若无的敌意，不禁感到畏怯。面对愠怒的成年男人，我一向是恐惧的、试图回避的。宫坂和其他成年人明显不同，他不把我当作十一岁的小女孩来看待，而是当我是一个能够独当一面、提供有效证词的人。而且，他认为查清案件需要我的证词。然而，宫坂察觉了我的畏怯，巧妙地将愤怒从表情中隐去，只留下猜忌。

"那好吧，看来你不知道。不过，很奇怪呀。房间里有短短的铅笔头，上面也检出了安倍川的指纹。而且，说一件和景子不相关的事：安倍川以前所在的福利院因为火灾被烧毁了，所以我们只知道他曾经在那所福利院里生活，却找不到他写过的东西和相关文件。你说，是不是很奇怪？真是太奇怪了。"

宫坂喋喋不休地说着，渐渐停不下来。他的脸因为兴奋而泛红。直觉告诉我，宫坂对我和健治的这起案子斗志昂扬。

"我还有一件事想问你，是关于隔壁那个叫谷田部的男人的。你在那里生活了一年，一次也没想过求助于隔壁的邻居或者楼下的人吗？可以在纸上写些什么，偷偷从门缝里塞出去呀，应该有很多办法求助的。安倍川白天不在，要想这么做，似乎也不是很困难……"

我缓缓地摇头，脑子里又有了另一个想法：谷田部先生也许看到了我写的那张字条，有可能将它捡起来，不知扔到哪里去了。接着，对我漠不关心的谷田部先生见死不救，就这样消失得无影无踪。事到如今，我的敌人也许不是健治，而是谷田部先生。宫坂正从眼镜后面观察我的反应，我反问道：

"还没有找到谷田部先生吗？"

"还没有。"宫坂的义肢在体侧无力地下垂，他慢慢地对我摇了摇头，"这样的案子我还是第一次遇到，简直全是谜啊。"

意识到宫坂摇头的动作是在学我，我打定主意，决定咬紧牙关，死也不会向他透露一丁点儿信息。宫坂装出困惑的样子，用圆珠笔的笔头撑着他弯刀似的下巴。

"其实啊，"他顿了顿，"景子，如果我猜错了，那我就向你赔不是——你是不是和安倍川关系很好？"

"我没有。"

"我想也是哟。我这是说了句不该说的话……因为安倍川跟我们说，他和'小美'关系很好，我就以为你们也许真的很和睦呢。对了，你有没有什么话想对安倍川说？如果有的话，我会替你转告的。"

宫坂深深地望着我。我迎着他的目光，用尽力气大喊：

"告诉他，去死吧！"

我也不知道自己为什么会说出这样的话。不，我其实是知道的。我恨健治，恨他迫使我过上世间罕有的困难重重的人生，恨他将宫坂这样的人送到我身旁，恨他让母亲心烦意乱、让父亲变成比之前更懦弱的男人。有时候，我觉得健治是唯一理解我孤独的人，而在眼下这种时候，健治又化身扼杀者，践踏了我的心灵。白天的健治和夜晚的健治同时存在。宫坂苦笑道：

"要么我判他个死刑吧？"

"但你判不了的吧？"

"不，这要看景子的意思哟。毕竟那时候你成了他的玩偶，根本无法拥有自己的意志。"

玩偶。听到这个残酷的字眼，我的眼里突然流下泪来。笹木拉开拉门，走进房间。

"你还好吗？景子。"

我站在书桌前，大颗大颗的泪水从脸上滑过。笹木把手放在我的肩膀上。我看到母亲在隔壁房间，愤怒地瞪着宫坂。对母亲来说，无论什么人伤害了她的女儿，她都会将其视为憎恨的对象。笹木护着我，对宫坂发难。

"宫坂先生，请不要再问下去了。景子害怕男人，现在连她父亲都尽量不靠近她。你不觉得她很可怜吗？"

"对不起。对不起哦，景子。"宫坂的义肢不自然地活动着，他一面向我道歉，一面用有力的右手抓起文件包，离开了房间。屋里剩下我和笹木，她用纸巾擦去我脸上的泪，问道：

"他问了你什么？"

我保持沉默，母亲气势汹汹地打断了笹木的问话。

"笹木大夫也请不要再来我家了。你也看出来了，这孩子对你并不信任。"

笹木离开后，母亲后悔地一边流泪一边破口大骂。

"我不是早就说过了吗？那个一脸书生气的女人懂得什么啊？什么叫查清案件的真相？这世界这么大，会设身处地地替景子着想的就只有我一个！什么地方检察院的检察官啊？看他那副了不起的样子！我们才不会出庭做证呢。反正去了也只会让景子出丑！"

母亲的愤怒久久无法平静，我在她铿铿锵锵地准备晚饭时，打开了书桌的抽屉。抽屉深处有一团白色的东西，是被我叠成一小块的日记。我拿出日记来看，白纸上健治狰狞的笔迹令我一阵慌乱。那些歪歪扭扭的字体全是平假名，他居然说自己不会写字，真是个撒谎精。健治狡猾、爱撒谎，让人捉摸不透。这样想来，主动提出要写交换日记或许也是健治的阴谋，我气得浑身发抖。有那么一瞬想将这日记撕碎了扔掉，大脑却停止了思考。我再次将它塞进抽屉，上好锁。我甚至没有将日记撕碎了扔掉的勇气，若真想尽快忘记那段往事，就该毫不犹豫地将它撕碎了扔掉才对。可是，心中的混乱仍在持续。我到底是想忘记那段日子，还是抛弃那段日子？不对，原来我仍想逃回和健治一起度过的那些单纯的日子，我舍不得抛却这样的想法。因为那时的我感到周遭的世界充满了敌意，令人厌烦。

那天晚上，母亲在我身边铺好被子、关掉枕边台灯的同时，我的各种妄想开始在黑暗中生根发芽。那是一次突如其来的巨变。飞散在空中的花粉终于成功授粉。花粉是我在被囚禁一年中的恐惧、希望、绝望、不安和释然，是一切谨小慎微却绝不容许被轻侮的情感，还包括得救后被人们随意想象的屈辱，和伴随同情而来的重负，以及父母对我的过度保护带来的胶着气氛。这些花粉对风渴求已久。宫坂的话化作一阵强风，吹开了我心中毒物的嫩芽。"你是不是和安倍川关系很好？"说不出口的想念渐渐涨满全身，我惊恐得几乎要叫出声来，只好缩在被子里，拼命压抑着这份冲动。

在那个夜晚还只是一片小小嫩芽的妄想，在我每天晚上的培育下一点点长大。神奇的是，这样的行为填补了我本该备受煎熬的小学生活的最后一年，使我勉强熬了过来。每当感受到新的耻辱和伤痛时，它便成为肥料，灌溉着我夜晚的幻梦。因为有了夜晚的幻梦，面对外界时我才坚强起来。

因此，我开始盼望夜晚的到来。就像有白天的健治和夜晚的健治一样，我白天扮演一个小学女生，夜晚则在妄想中释放自由。即使那份想象诡异而毒液四溢，但它在小学六年级的孩子看来，可谓精巧至极。

"太田美智子"从工厂回到自己的房间，松了一口气。终于可以独处了。在工厂，"太田美智子"总是被社长怒骂，被谷田部先生欺负，而且那家小小的钢铁工厂十分危险，动辄有钢铁残片飞来，要么刺进身体，要么擦破皮肤，有时还会戳破脚底。上个月"太田美智子"还差点儿被托架夹了手，手指险些被剁成碎渣。说到手指，谷田部先生的左手小拇指没有指尖。社长说谷田部先生游手好闲，对他敬而远之，可一旦"太田美智子"游手好闲，社长就会变得非常可怕。这是为什么呢？

"太田美智子"望着自己的双手。虽然渍进指甲缝里的黑色污泥洗不干净，手上却有肥皂的味道。左手手背上的一处割伤终于结了痂。"太田美智子"吃起盛在铝制托盘里的简单晚饭。今天的晚饭是两块马铃薯可乐饼和白菜碎，漂着洋葱的味噌汤里有两块腌萝卜。可乐饼和白菜上挤了一大摊酱汁，看上去是褐色的一片。一大碗盛得冒尖的米饭好像是用陈米煮的，白里泛黄，散发着难闻的味道。

"太田美智子"吃着这样的饭食，仍高兴地说"好吃"。谷田部先生毫不掩饰对他的轻蔑。谷田部先生一般都去附近的食堂吃饭。即使偶尔在工厂吃饭的时候，也会买来烤鸡、烤内脏等菜品，给自己加几种配菜，但从未请"太田美智子"和他一起吃过。

谷田部先生是聋哑人，用手语和社长交流。但他对"太田美智子"连手语也不用，只是点点下巴。工厂只有社长和两名员工，"太田美智子"就是这个工厂的奴隶。他永远被人指使，跑来跑去地干活儿，所有危险而枯燥的工作全都由他来做。唯有吃饭的时间是快乐的，但谷田部先生还指着社长夫人做好端来的饭菜，偷偷扮出猪的样子给他看。"太田美智子"讨厌谷田部先生，但他更讨厌趾高气扬的社长。他最喜

欢的是做好饭端给他的社长夫人，但社长夫人也拿他当傻子
耍。她曾经给他一件社长不穿了的西服，可无论怎么洗，那
件西服都泛着令人作呕的气味。

"我开动了——"

"我吃好了。"

"太田美智子"只用不到五分钟便吃完了饭，接下来是
学习时间。他打开壁橱，里面藏着一个在Ｋ市的超市买来的
红色学生书包。"太田美智子"视这学生书包如珍宝，每次从
壁橱里拿出来，都要抚摩它光滑闪亮的皮面。男孩子也可以
用黑色皮面的学生书包，但他在北海道的福利院时，只能用
高年级的学生用剩下的黑色学生书包，所以这次他觉得红色
的好，就买了红色的。这样一来，他就想变成一个女生，于
是想了"太田美智子"这个名字。如果有人叫自己"小美"
该多可爱呀，他想。

他在桌子上摊开数学和国语的教科书。这些课本是他溜
进其他城市的小学教室偷出来的。选择二年级的课本有其理
由——"太田美智子"小学三年级后就没上过学，二年级的
课本简单易懂。

一天晚上，"太田美智子"听到隔壁谷田部先生的房间
里传来很大的电视声，偶尔还混着女人的声音。他惊讶地竖
起耳朵来听。谷田部先生平时看电视都是关着声音，也不听

收音机，房间里永远静得出奇。可此时，的确有年轻女人隐忍的笑声从隔壁传来。难道谷田部先生的房间里有女人了？但这样的事以前可是从没有过啊。

隔壁房间忽然归于沉寂。看来是我的错觉——"太田美智子"背着书包站起来，假装要去上学。他模仿了一会儿走在郊野中的情景，享受着书包里的教科书和铅笔盒相互碰撞发出的轻响。这时，女人的笑声再次传来，是一阵大笑——不会是有人在偷偷看我吧？

不安涌上心头，"太田美智子"跑出屋子，去敲谷田部先生的房门。门开了，一个从没见过的年轻女人露出脸来。她很年轻，说在上高中也不为过。该有眉毛的地方光秃秃的，刻意用褐色的彩笔拙劣地画了两道假眉，一双小眼睛闪着不怀好意的笑意。"太田美智子"害怕女高中生和年轻女人，不由得背过脸去，退到了走廊上。

谷田部先生正盘腿坐着，边喝酒边看电视。也许是因为女人来了，他心情很好。谷田部先生红着脸对"太田美智子"说了些什么，声音连不成句，接近于"阿呜阿呜"的低吟。但他扬了扬下巴，仿佛在说："别捣乱，滚回去！"女人嘲笑道：

"你是不是脑子不正常？为什么背着学生书包走来走去？"

“我……”

“你这人真令人恶心。”女人转身面向谷田部先生，“大叔，这个人是娘娘腔？”

“太田美智子”逃回了自己的房间。他在房间里久久地抚摩着学生书包，心想：要不要杀了那个女人？

- 4 -

　　父母以我升上初中为契机分居了。不可能辞去工厂职务的父亲留在 M 市的住宅区，我和母亲来到东京。两人在两个多月后正式办了离婚手续，为他们的关系画上了句点。尽管如此，他们起初对周遭的解释却是为了受伤的我转学而分居。在父母的思维定式中，他们惯于将遭到诱拐并被囚禁一年之久的可怜女儿的处境放到第一位去考虑，而两人关系的真相却不太像他们对外宣称的那样。父亲有了别的女人，是母亲离家出走的直接原因。也就是说，照顾我的感受这一堂而皇之的理由与大人们的心思密不可分，父母的离婚，也利用了我的案件做挡箭牌。

　　父亲是从什么时候开始背叛母亲的？按照母亲的说法，背叛好像在我被拐后不久就发生了。父亲不够坚强，承受不住我突然消失的不安与恐惧，也缺乏固守希望的强韧意志。这样的父亲，大概无法照应容易精神崩溃的母亲。他选择了一种轻省的办法，逃避现实，去寻找一种能够令他心情舒畅的新生活。他看上了 K 市车站前面一家自行车店的老板娘。

为什么我连父亲的出轨对象都知道呢？几年后，我去看牙医时偶然看到一本周刊杂志，读到一篇题为《后来的那个人—— M 市诱拐监禁案受害者的父亲与第三者再婚》的报道。那篇以窥人隐私为乐的文章占了半个版面，给父亲用了化名，但一看便知说的是我那起案件。报道称，父亲在案件的风头过后，终于和交往多年的自行车店老板娘成了家。那个老板娘撇下三个孩子，被赶出了家门，街坊四邻议论纷纷，推测是诱拐案使我父母的关系发生了裂痕——尽是些不负责任的内容。

读罢文章，我的感想和写文章的记者相同。案件毫无疑问地给父母的感情带来了无法挽回的伤害。可这篇报道还给我带来一种奇妙的感受：文章中完全无法感受到我的存在。我是案件的受害者，也是当事人，在短短一年之间脱胎换骨，早早地变成了大人，夜夜做着充满恶意的幻梦。可是这篇报道却仿佛与我没有半点儿关系。报道的内容不仅仅是父母之间的事，它甚至打散了父母和我的关系，整件事却在无人知晓的状态下继续发展。

母亲神经质地想让我留在她的身边，某种程度上是她对父亲背叛的一种反击。如果失去我，母亲就将坠入孤独的地狱。现在的我，一方面为母亲感到可怜，一方面又想要远离母亲。我这种奇妙的感受，竟然和父亲的感受不无相似。

母亲带着我搬到东京都的 L 市，找了一份卖保险的工作。总是把现实生活想得太简单的母亲，在我看来很难做好保险销售类的工作。不过即便如此，加上父亲每个月打来的不多的赡养费，我们还是勉强维持着生计。忘却了音乐的母亲不再精心打扮自己，把活着的意义放在照顾我的日常起居上。我也学会为了母亲，即使遇上再艰难的事也装作云淡风轻。因为这样一来，可以减少许多麻烦。上初中后的我，或许反而承担起保护脆弱的母亲的职责来。有了夜晚的幻梦，身边的一切都不再能伤害到我。

L 市和埼玉县接壤，是东京都的城市中相对朴素的一个，有许多上班族在此地居住。我们住的公寓被农田环绕，农户们种着萝卜和白菜，但明显有自己的打算：迟早有一天要将这些农田变卖成住宅用地。这一带属于生产绿地，在税金上有优惠，因此，田里总是飘着蔬菜腐烂的臭味。农田对面是鳞次栉比的大型公寓群，比我以前所在的住宅区还要高级许多。网球场和简陋的高尔夫球练习场横在农田正中，主妇和孩子们骑着自行车来来往往，街区风景和 M 市别无二致。

那么，我是不是就不喜欢 L 市了呢？并非如此。我喜欢 L 市的杂乱无章和自由的气息。居民们到了夜晚会回到城市里，但早上便四散而去，消失得无影无踪。大家不会去同一所学校、同一家工厂。所以，我现在仍然在 L 市买下的公寓居住。

来到新的初中，我的过往被彻底地隐匿起来。母亲和小学班主任商量好，校方答应不在我升入初中的所有档案中放入有关那起案件的记录。母亲离婚时，我已经改姓母亲的旧姓岛田，因此没有人知道我身上发生过什么。更凑巧的是，我上的那所初中是一所因人口流入而新开的学校。校舍是新的，老师和学生们也几乎是拼凑来的。在那里，我总算尝到了自由放松的喜悦。当然，这种感受仅仅是针对我周围的环境，我内心的解放距此还有一段时日。

笹木偶尔打电话来，想为我介绍 L 市的医院和医生。她一直坚持认为，创伤后应激障碍会在我将要忘记那段往事的时候出现。可是，前面我也提到了，那时的我非但不想赶走被监禁时的噩梦，还渴望在那噩梦之中生活下去。没错，我不愿离开那场毒梦。

宫坂也来找过我几次。作为负责案件的检察官，他自然希望从我口中打听出一些消息，但他的意图似乎不只如此。宫坂很快便发现我的家庭在一步步崩溃，并对此抱有兴趣。

上初中后，宫坂曾在母亲外出的时候来过我家。当时，健治的审判已经开始了一年左右，宫坂从距离 L 市最近的车站打来电话："我有几件事想和你确认，可以去你家拜访吗？"那是六月的末尾，一个被盛夏的强烈阳光炙烤的午后。我刚放学回来，只好穿上已经脱掉的校服，将宫坂迎进门。短裙的腰边被汗浸湿，黏在身上很不舒服，但我不敢对宫坂掉以轻心。

"小女孩一下子长成大人了呀。"

宫坂看到打开房门的我，不由得眯起眼来。那时的他三十岁出头，依旧穿一件白色衬衫，系着俗气的领带，但那天，他用义肢拿着脱下来的外套。天气炎热，可他衬衫的袖子还是规规矩矩地放下来，袖口扣得很严。宫坂忙着用健康的右手频频擦去头上的汗水，什么也没说。我从冰箱里拿出大麦茶，坐在他的对面。

"你妈妈去上班了？"

宫坂环视房间后，轻松地问。看得出来，被母亲怒斥之后，宫坂一直想尽可能地回避她。

"今天找我有什么事？"

"景子觉得，自己在那起案件中失去的最重要的是什么？"

宫坂边提问，边用义肢把从包里拿出来的文件摆正。他总是这样突兀地直击问题的核心，然后观察我内心的慌乱，享受案件给他带来的愉悦。从宫坂身上，我感受不到他对真相的探究，也感受不到正义，能感受到的只有他的欢愉。

"嗯，是什么呢？"我盯着宫坂那只肉色的假手——没有指甲也没有指纹的橡胶手，"我从没想过这个问题。"

"家庭？还是居住环境？朋友？是什么呢……"

"我不太清楚。"

我不是在装傻充愣，而是真的陷入了深思。我到底失去了什么呢？父亲？信赖？友情？安稳的生活？不，这些都不是。我找到了一个合适的答案，却没有说出口。

"我想，你失去的是不是现实呢？"

"啊！"我不禁叫出了声。因为我想到的答案和他说的一样。我将如今所处的现实当作夜晚的梦影，这才活了下来。对我而言，现实是要靠拼命伪装才能勉强熬过的日子，真正的我生活在夜晚之中。宫坂怎么会知道这些？我仓皇地窥视宫坂的双眼，他歪着嘴笑了，仿佛在说：我猜对了吧！

"我之前就说过，你特别聪明。你今年十三岁了？刚十二岁吗？真是难以置信。我总算明白了，经历过的噩梦竟会使人发生这样的改变。而且，你的噩梦尤其长。一年多的监禁生活让你获得了超越常人的智慧——虽然是畸形的。也不知道你是该感谢安倍川，还是该诅咒他。哎，对不住，我不该说这些的。不过，这确实是我的想法。"

"宫坂先生，你把我上次的话带给那个人了吗？"

我指的是上次我喊的那句"告诉他，去死吧"。宫坂舔了舔嘴唇，白衬衫腋下的圆形汗渍晕染开来。

"我跟他说了。安倍川很受刺激，茫然无措。那家伙很在意你的，好像把你当成了恋人。他想都没想过，你会觉得他不好。与其说他缺乏想象力，不如说是他对你的信赖使然。"

宫坂笑了，他的目光中含着一股热量。我移开目光，尽量回避因他产生的情绪。他不像以前那个小区的居民那样，认为这件事和自己完全无关，也不像泽登那样，对健治怀着激烈的愤慨。宫坂既有和健治共通的快乐，又有和我共通的好奇心。也许，宫坂能够成为连接我和健治的人。那样的话，他就是真正理解我和健治之间发生的一切的人了。

"你们之前究竟发生了什么？景子，拜托了，你就告诉我吧。"

宫坂对我穷追不舍。我低下头，沉默不语。

"你和健治之间一定存在某种感情交流。这是毫无疑问的。一个男人和一个少女在一起住上一年试试看？一定会发生些什么吧！就算是养只小猫小狗，也有情感交流。"

"喵呜——"我忽然想起健治学猫叫的样子。我是健治的猫，是他四年级一班的同学，是他的性幻想对象，也是他的知己。既然如此，反过来应该也是真的吧——健治或许希望我成为他的知己。

"对了，关于在工厂里发现的那具女尸——"

宫坂打开放在桌上的文件，我瞥见文件中印有一张黑白照片，是刚从地里挖出来的一具白骨。我慌忙背过脸去。宫坂遮掩似的合上文件，但或许，他正是为了让我看到那照片，才特意将文件摊开的。

"现在女尸的身份还没有确定，但线索已经比较清晰了。估计是两年前失踪的一个菲律宾人，曾经在 K 市一家名为'科帕卡巴纳'的俱乐部做女招待。当年，她的行李都在，人却突然失踪了。不过类似的事常有发生，所以一直没人深究。根据尸体的年龄和体格推断，十有八九就是她。现在，我们正在请菲律宾警方对照她的齿型。"

"她叫什么名字？"

"你知道这个也没什么用吧？"宫坂故意这样说，"反正她不叫小美。"

"可是，我想知道。"

"阿娜·玛利亚·洛佩斯。花名珀西。你知道什么是花名吧？"

"知道。那谷田部先生找到了吗？"

"找不到他。现在正从混过黑社会的聋哑人里找呢。目前有几个重点怀疑的对象，调查总部说，总有一天会缩小范围的。景子之前也问过这个人呢，你怎么那么在乎谷田部先生？"

我若无其事地摇摇头。我相信，自己当天晚上的梦会有不同于以往的新发展。幻梦即将萌生新芽，我为此兴奋不已，急切地盼望夜晚的到来。

"喵呜——"

不知道从哪里一直传来小猫的叫声。健治在路边四处张望，搜寻小猫的身影。它是不是蹲在花里胡哨的霓虹灯的暗影里？"喵呜——喵呜——"这柔弱可爱的小奶猫，大概跟它的家人走散了吧，好可怜。健治拼命找猫，他很喜欢猫，有了猫就可以独自养起来，偷偷疼爱它。

待在小巷尽头的不是小猫，而是一个矮个子的年轻女人。一件花纹礼服裙紧裹着她的身体，裙子是滑溜溜的化纤布料，短得几乎露出底裤。健治蹲下身，装出找猫的姿势，偷瞄女人的大腿根。一抬头，对上了女人的目光，只好顾左右而言他：

"你有没有看到一只猫？刚才我听见它叫了。"

"喵呜——"女人微笑着发出叫唤声。健治笑了。

"什么嘛，是你学的猫叫啊！学得真像。"

"我，是珀西·凯特小姐呀。"

女人的发音很怪。她是个皮肤黝黑、塌鼻梁的菲律宾人，长相招人喜欢。她对健治笑了笑，露出一口白牙。健治没和年轻女人说过话，羞涩地把头转向一边，女人却用纤细的胳膊亲昵地挽住了他的手臂。

"老板，玩玩吧——"

"喵呜——"

健治有了回应，女人叫得更好听了。

"喵呜，喵呜，喵呜——"

玛利亚跟在健治的身后，踢踢踏踏地穿过熄了灯的工厂，踩着嘎吱作响的楼梯，来到他的房间。穿着花衣裳的她站在屋里，脏兮兮的房间就立刻变得金碧辉煌。健治眯起眼望着玛利亚。"喵呜——"一对上健治的目光，玛利亚便下意识地学起猫叫。那声音轻巧可爱，带着撒娇般的甜美。玛利亚的声音、体型和性格都很像猫，但健治觉得，还是捡一只饿肚子的小奶猫更好。因为猫不会做那种意味深长的事，让自己不知所措。

"玩玩吧，老板。"

健治不知怎样算是和玛利亚玩。他久久地呆立在陈旧的榻榻米上俯身看着她，于是，玛利亚抬头盯着他的脸，伸出两根手指。

"玩玩！两万日元，两万日元。"

看样子不拿出两万日元，她就不会罢休。健治为难地摸摸自己的衣兜。他每个月要交给社长六万日元，作为房租和伙食费。除此以外，还有电费、取暖费、保险费等各种名目的预扣费用，每月能拿到的工资只有四万日元。他经常吃不饱，要花一部分钱买果料面包或拉面等零食，偶尔还要打几把小钢珠，现金总是瞬间就没了踪影。现在他兜里只有三千日元。

"我没有钱呀。"

"那，一万日元。"

健治将衣兜翻出来，给玛利亚看那三张一千日元的钞票。玛利亚夸张地耸耸肩，露出难过的表情。

"喵呜——没有钱吗？糟了。没有钱，就不能和珀西玩哟。怎么办？怎么办？"

怎么办？健治最怕的就是做决定了。他在房间里走来走去。玛利亚双手叉腰，站在屋子正中间抬眼望着健治，目光中带着责备。

"能不能找人借钱？"

玛利亚推着健治的后背，像是在说："你出去！"她的双手骨骼纤细，柔弱无力，像一只猫。健治高兴了，他故意表现得迟疑。这样一来，玛利亚就会多推他几次。健治坏笑着被推到走廊上。玛利亚在屋里对他摆手：

"等你哟，喵呜——"

健治决定向谷田部先生借钱。刚才在小钢珠店看到了谷田部先生，但一直没听到他回来的声音。他一定在附近的某个小酒馆喝酒。健治在工厂门口的那条昏暗的坡道上奔跑，沿着坡往上跑了一百米左右，尽头是狭窄的双向国道。沿着国道右转，有一个小酒馆和便宜的酒吧开在固定的位置。谷田部先生多半就在那个酒馆里喝酒。

健治双手插在工服裤兜里，在国道上奔跑。不知道为什么，他有些焦急。几辆暴走族的车耀武扬威地鸣着喇叭，开足马力擦着健治的身子驶过。健治的目光追逐着远去的红色尾灯，心想：他们的心情一定也和我一样，急着想要冲向某个地方，犹如一头狂暴的野兽在追逐无处可逃的猎物。

隔着一层不干不净的绳帘，健治看见了谷田部先生的身影。谷田部先生不修边幅地坐在店里，穿着在工厂穿的工服裤子和一件褪色的暗红色衬衫，秃顶的脑门上闪着腻乎乎的油光，矮胖的身子有一股油腻的烟臭味。谷田部先生喝着烧酒，用沙丁鱼干做下酒菜。他捏起沙丁鱼干的左手手指总是谨慎地向里弯曲。健治最近才知道，谷田部先生的左手小指少了指尖。听社长夫人说，砍断小指指尖是黑社会的人承担责任的方式。"真是胆识过人！"社长夫人叹道。健治想的却是："好痛啊。"

谷田部先生正在专注地看店里架子上的一台小电视机里放的晚间比赛。他是巨人队的粉丝，只要是巨人队上场比赛，无论何时他都不会错过。他还喜欢看体育报纸，在工厂时也会把所有空闲时间都花在读报上。但健治不太喜欢棒球。小时候，他一次棒球也没打过。他成长的北海道多雪是原因之一，福利院又在山里，也没有适合打棒球的平坦广场。但是，同班的男生会在小学校园里着迷地打棒球，夏天常常打到天色擦黑。

想起以前的事，健治不由得嘟囔了一句"混账"。小时候，没有人愿意和健治做朋友。不仅如此，健治站在操场一角羡慕地看大家玩时，他们有时还故意用球砸他。同学们因为健治反应迟钝，都不和他做朋友。福利院的高年级学生们也是一样。"所以，我放火把他们烧了——"健治盯着谷田部先生衔在嘴中的香烟冒出的火星。店老板站在柜台后面，喝着颜色透明的酒，不经意间瞥见了健治，露出厌恶的神情。

健治无声地站到谷田部先生面前。谷田部先生要靠读唇才能和人说话，所以和他说话时必须站在他对面。在厂子里，健治要面对着机器干活儿，想站到谷田部先生对面简直比登天还难。有事找谷田部先生的时候，健治总要拍拍他的后背，引起他的注意。可是，谷田部先生经常故意装作没有察觉。有时为了避开一些麻烦的活计，还会装出根本没听懂的样子。不过，他面对社长却总是一副笑脸的模样，会立刻转过身来。

"谷田部先生，请借我一万日元。"

谷田部先生凝视着健治的嘴唇，然后发出了咬牙切齿般的声音：

"浑……浑蛋！"

谷田部先生发音不标准，但可以说话，只是有时发不出声音，或者让人听不明白。这时候就要小心了，谷田部先生随时可能出手打人。健治就被谷田部先生莫名其妙地打过好几次。可是，今天晚上也许是巨人队遥遥领先，谷田部先生心情极好。他吼了健治一句"浑蛋"之后，抓过身旁的便笺，用圆珠笔写起字来。为人无耻下流的谷田部先生，却写得一手遒劲有力的好字。因此，他虽然能讲话，但更喜欢用笔和人交流。因为大家都会称赞他的字。

"你要借钱干吗？"

健治读便笺时，谷田部先生指了指他，又晃了晃自己没有指尖的小拇指，对店老板笑了。健治不知道小拇指代表女人。店老板没理会谷田部先生，目光一刻不离巨人队的击球手。

"这时候再打不中，就不是男人了吧！"

店老板对谷田部先生不理不睬，却和健治说起话来，像是在笑话谷田部先生听不见。健治不知该作何反应。正当他惊慌失措的时候，谷田部先生又不耐烦地草草写了几个字。

"女人？"

健治不假思索地点了头。谷田部先生咧嘴一笑，这次开口说起话来：

"蠢……蠢货！你去讲价！反……反正是那一带的丑女人吧？"

不善言辞的健治不知如何向谷田部先生解释这个叫玛利亚的女子，焦急地环视整个店面。他能看懂贴在熏黑的墙上的"内脏""醋腌章鱼"等字样。

"付利息的话就借你！"

谷田部先生的话越说越利索，他毫不费力地说出这句话，然后从工服衣兜里掏出一张揉得皱巴巴的一万日元纸钞，朝健治扔过去。"以防万一——"他一边补充，一边用便笺写了借条。上面写的好像是"发工资那天要还两倍钱"之类的内容，汉字很多，健治没看太明白。谷田部先生自作主张地在那张纸上写下健治的名字。

"真是贪得无厌啊！"

店老板被谷田部先生的行为惊得苦笑，但一万日元好歹到手了。健治离开酒馆，奋力跑过国道，冲进房间。玛利亚还在吗？小时候，他曾在上学路上发现一只纸箱，里面有两只小奶猫。纸箱放在一条小河边的路上，当地的孩子管那条河叫萤川。萤川正在涨水，大概是早春的雪水融进了河里。健治怕小猫掉下去，尽量将纸箱拉到离河远一些的地方。他打算用没吃完的饭拿来喂小猫。如果没有他，小猫们就会死掉。他尝到了保护的快乐。然而，放学后他急匆匆地跑到河边，箱子却不见了。是的，健治此时的心境和那时的很像。她还在吗？有没有乱跑？有没有被河水冲走？这样的感觉究竟是不安，还是享受？依旧不明白这些的健治，望见了漆黑的工厂大门。

"我回来了！"

健治气喘吁吁地打开房门，首先看到了扔在水泥地上的白色厚底凉鞋。小巧的凉鞋上，印着黑色的脚趾印。太好了，她还在。笑容爬上健治的嘴角。玛利亚躺在床上，斜眼看着健治。她懒洋洋地坐了起来，却比刚才更不高兴。这是为什么呢？玛利亚撩起自己的头发说：

"怎么没电视？没电视的穷人——"

"我拿钱来啦。"

玛利亚极为自然地伸出手，手腕上戴着细细的金链子。和社长一样！健治产生了奇妙的联想。

"我说的是，两万日元。"

健治攥着一万日元，脸色发青。她刚才明明说了，一万日元也行。

"不是一万日元吗？"

"我等了好久。没有电视，无聊得要死。"

"对不起。我去找谷田部先生借钱来着。"

"算啦。"

玛利亚不再"喵呜——"地叫了。她冷着脸，开始脱衣服。花纹礼服裙底下，只有一件蓝黄相间的格纹内衣，是艺人们穿的那种泳装似的内衣。健治不知该怎么办，只是愣愣地站在床边。玛利亚三下两下便脱光了身子，"咚"地仰躺在床上。健治立刻急不可耐地拉开工服裤子的拉链。墙上洞口的另一头是匆忙赶回家的谷田部先生。他压下自己激烈的喘息，正在窥视。

我慌忙捂住嘴，咽下呼之欲出的惨叫。我终于意识到，自己毒梦的尽头是男人们的欲望。原来，我花费无数个夜晚，不断交叠、修饰想象，绵密构筑的幻梦世界的终点，是成年男人们性幻想的泥沼。认识到这一点，我备受打击。我早已切身体会了男人欲望的诡异，不，我早就成了男人欲望的牺牲品。但是，十二岁的我，即使懂得性知识，即使被健治用眼睛玷污，即使被夺取自由，即使知道谷田部先生的窥视，却也无论如何理解不了男人的性究竟为何物。尽管对其有所认识，但我穷尽想象也无法明白，什么样的欲望能操控男人绑架一个十岁的女孩。名叫健治的男人用他的欲望彻底将我改变，带给我无可挽回的精神耻辱，令我的家庭四分五裂。我却无从想象这欲望的实质。

此时的我受到的打击和挫败感相似。我意识到，不能再继续培育自己的毒梦了。感受到极限的我终于明白，真正的绝望降临了。从今往后，我该怎么办呢？走投无路的我，在黑暗中大睁着眼睛，强忍了一会儿，可哽咽还是不停地涌上来。听见我在被子里抽泣，睡在我旁边的母亲醒过来，慌张地轻轻拍着我的被子。

"怎么了？景子？"

"没什么。"我哭着摇头。

"做噩梦了吗？"

"妈妈，我好怕。刚才到底是怎么回事？我好害怕啊。"

"你很快就会忘掉的，景子。会忘掉的。"

母亲像抱小婴儿那样用力抱着我，抚着泪流不止的我的后背说着"会忘掉的，会忘掉的"。她不停地重复着这句咒语，重复着这句毫无意义的话。谁都知道，那些事情不可能被忘掉。人们却要我生出一种信念，相信只要想忘，就一定忘得掉。

"妈妈，怎样才能忘掉呢？"

"有了新的经历就能忘掉了。有了新的经历，就会忘记以前的事。"

搬家、离婚，找到推销保险的工作后，母亲容光焕发。也许我只有像母亲一样，用新的事实覆盖旧的，才能活下去。我一定要试试看——得到这片刻的安心，我闭上了眼。我决定不再培育那株名为想象的植物，重新做回天真无邪的"小孩"。与此同时，我感到自己复杂的孩提时代在这个夜晚真正地宣告结束。没错，我既非老人，也非儿童，而是脱胎换骨，成了一个欲望充盈的人。

今年三十五岁的我，仍然是个处女。我不是同性恋，也不想和男人恋爱，更是一次也未想过拥有性生活，且不曾在恋人的世界中徜徉。我一定有洁癖，不喜欢和人产生关系，也讨厌性行为本身。可我却是一个欲望充盈的人，活在这个世上，我总是在思考健治的性幻想是什么，恐怕一生都无法逃脱这个问题了。想象别人的性幻想，这就是欲望充盈的体现。

健治是个奇怪的人。他捏造出"小美"这个人物，只生活在自己和"小美"的关系当中。或许健治在他自身、谷田部先生和"小美"这个三角形关系的顶点幸福地生活着。我表面上装出普通初中生的模样，心里却一直想着健治。

就这样，我扔掉了夜晚的幻梦。顿时，不可思议的事情发生了。那起案件的闪回和与之相关的联想开始令我苦不堪言。例如，路过施工现场时，健治所在工厂的噪声便在我脑海中回荡。半夜，我的耳边忽然传来健治熟睡时的呼吸声。初中三年级的时候，我上完体育课回到教室忽然想吐，因为在教室换衣服的男生的体味和健治身上的味道一模一样。笹木一语中的，事后出现的创伤后应激障碍折磨了我一段时间，而且它的到来静悄悄的，没让任何人知道。可是，和我内心的变化相比，闪回和联想并不算什么。我已经说过很多次，这起案件是让我从一个普通的小女孩变成欲望充盈的女人的导火索。它还是一个萌芽，使我在不远的将来，意料之外地成了一名小说家。

刚上初三的那年四月初，宫坂给母亲打了一通电话，告诉她健治的一审判决下来了。在审判过程中，父亲每次都会出庭，离婚后也不例外。父亲和母亲都曾被传唤为证人，但法院一次也没有传唤过我。警方对我的案件调查也仅限于住院时那几次，他们总是说要等我的身体恢复再找我，以此为理由不予传唤，于是我没有说话的机会。所以，宫坂才来了我家好几次。

然而，案情发生了重大的变化。健治在审判中承认，他勒死了十九岁的菲律宾女性阿娜·玛利亚·洛佩斯。他说，他像当初对我那样在夜晚的街上和洛佩斯搭讪，因为洛佩斯来他房间后不听话，便杀掉了她。媒体大肆报道了这件事，相形之下，我的诱拐监禁案反倒显得微不足道。

我很庆幸世人的目光远离了我，但健治承认杀人一事令我意外。他明明在我们的交换日记中写道，小美是"生病死掉的"。可是，这件事我却无法对任何人说起。它是永远的秘密。我已发誓不泄露半点儿曾和健治交好的消息，这就是我的复仇。至于那个可怜的菲律宾女人是怎么死的，我甚至捂着双耳，不想听到。我想和健治分享死亡的真相。这样的想象，或许和我夜晚的幻梦之死有关。

法院依据精神鉴定的结果，判断健治有充分承担责任的能力。宫坂请求法院判健治死刑，罪名为杀人、弃尸，诱拐、绑架、监禁未成年人等牵连犯罪行为。法院的判决结果为无期徒刑。可是，洛佩斯是怎样认识健治的？"小美"又是谁？有关这些谜题，健治缄口不言。宫坂的公诉意见书认为，并不存在真正的"小美"，"小美"不过是健治自导自演的一出戏。

"是吗？谢谢您。不过，法院没有判他死刑啊。无期徒刑的话，坐个十年牢就能出来了吧？"

母亲流着泪，又是欢喜又是不甘，而我没有错过她安心的表情——像是一块石头落了地一样的表情。母亲将电话听筒递给我。

"宫坂先生有话想对你说。"

我接过电话，宫坂一句寒暄也没有，径直说道：

"景子，法院已经结案了，你不用再害怕了。"

"不用怕什么了？"

"你就告诉我吧。"

宫坂的执拗令我震惊又恐惧。

"告诉你什么？"

"安倍川是会写字的吧？那本教科书上的'太田美智子'到底是谁写的，最后我们也没弄明白。我觉得那是安倍川的笔迹。'小美'就是安倍川自己。"

你愿意这样认为，就认为去吧——夜晚的幻梦又要卷土重来，我在心里拼命压制着它们。

"也许就是你说的那样吧。不好意思，我不愿意再想这个了。"

宫坂鬼鬼祟祟地说：

"哦，这样啊。你真是长大了。"

从世俗的观念来看，也许他说得不错。可我是一个欲望充盈的人。我掩饰着这个秘密，不想让宫坂发现。

"那都是四年前的事了。"

"是啊，一次漫长的审判。对了，安倍川说他不会上诉。"

我想象着健治的脸——一张眉心空阔的傻乎乎的脸。每当被带上法庭，他都要四下张望，大概是在旁听席寻找我的身影吧。

"你有什么话要让我带给他吗？"

我想起自己曾经在情绪支配下大喊的那句话："告诉他，去死吧！"可是，我已经舍弃了夜晚的幻梦。年幼的我无法想象健治性幻想的内容，编织夜晚的幻梦已经是我的极限。因为夜晚的幻梦是故事，性幻想则是更进一步，去思考健治这个人的实质。表面上活得像个普通初中生的我，早已变得更加复杂。

"我之前说过，让他去死。现在我撤回那句话。"

"为什么？"

"那句话太过分了。您能否替我转告他，让他活下去，好好赎罪？"

片刻的宁静过后，宫坂严肃地说了句"好的"，便挂断了电话。直觉告诉我，挂掉电话后，他的脸上一定会浮起一抹冷笑。我说不清宫坂为什么会冷笑，但姑且认为他一定会觉得我变成了一个普普通通的初中生，令他失去了兴致。

健治的刑罚确定后，我和母亲都多多少少寻回了平静。在审判过程中，我们常会接到采访申请，无法摆脱世间的纷扰，一直过着提心吊胆的日子。讽刺的是，父亲背叛母亲再婚的丑闻从实质上保护了我和母亲。世人的目光不再倾注在受伤的我身上，转而去关注父亲狂乱的人生。因此，我和母亲只要蜷起身子，静待人们的关心退去即可。

安稳的时间平淡地流逝，我和母亲和睦地住在L市。母亲的收入不多，但不被任何人偷窥的生活令人愉快。我没怎么用功学习，还是考上了市内一所都立高中。那所学校不算名校，但也没有什么差生。我甚至在高中交到了朋友。朋友们谁都没有发现，我就是轰动全国的那起少女诱拐监禁案的受害人。

M市的社区生活、K市杂乱无章的街道、父亲，还有健治，一切的一切都渐行渐远。我开始觉得，母亲说的那句"有了新的经历就能忘掉了。有了新的经历，就会忘记以前的事"也并不尽然是谎言。夜晚的幻梦断绝了，性幻想也进入假死状态。然而，这只是片刻的安宁。

- 5 -

上高中时，我有一个名叫酒井久美子的同班同学。久美子生得白白胖胖，身上有肉，手脚却像小孩一般短小，体态有些畸形。她告诉我她是美术部的，考学的目标是美术大学的油画系。然后问我：

"你想做什么呢？"

我假装思考，实际上却在想：我并没有什么特别想做的事，今后大概也没法稀里糊涂地去上大学。以母亲的收入，我是很难继续读书的。但我也不羡慕久美子这样家境富裕，很清楚自己想去哪所学校或有具体目标的人。在我看来，那些深信应该把未来的希望寄托在读书上的学生，每个人都光芒四射。在同年级的朋友们眼中，我恐怕是一个让人捉摸不透的学生，浑身上下笼罩着一股神秘的气质。

"谁知道呢。我没有什么特别想做的事，也不知道今后自己能干什么。唯一确定的，是高中毕业后应该就会工作吧。"

"毕业后就工作吗？"久美子一脸意外，"为什么？"

"家里只有我和妈妈嘛，没钱上学。"

"那你要去什么公司？"

"想都没想过呢。"

"那只要打工挣钱不就好了？"

的确，只要能减轻母亲的负担就已经很好了。即使我自己觉得不继续读书没什么，母亲应该还是会受伤。这时，久美子压低了声音道：

"其实，我知道一份不错的工作，但并不是谁都能胜任，对方也不是什么人都收。而且，就算适合某个人，对方也不一定愿意干。"

她说得神秘兮兮的，都把我逗笑了。

"你到底在说什么啊？我完全听不明白。"

久美子拉着我的手，带我来到走廊的角落里。

"这个不太方便说，你要对学校保密哟！其实啊，打工的内容是做素描的裸体模特。我每周做一次，报酬很丰厚呢。"

我惊讶地打量着久美子的全身，打量她胖乎乎的身体和纤细的手脚。我想象她全身赤裸地站在我面前的样子，心里有某种情绪蠢蠢欲动。健治曾看着我的身体做那种事。

我有预感，新的幻想又要开启了。它会使夜晚的幻梦迎来终结吗？

"你要来看看吗？"

"那就去看看吧。"

"好哇。不过，你要报名做模特才行。因为那里拒绝外界参观。"

就这样，我决定去久美子偶尔去做模特的素描教室见习。

素描教室位于 L 市旁边的埼玉县 P 市。星期六傍晚，我和久美子骑自行车到那里。离车站有一定距离的居民区里，有一栋漆成豆沙色的平房建筑，很有绘画教室的风范。木质招牌上写着整座设施的名字："艺术家研究所"。上午的雕刻和油画课主要为主妇开设，中午的绘画课面向儿童，星期六下午和晚上的补习班则面向那些以美术爱好者自居的人。久美子打开教室的门，宽敞的水泥地上，胡乱摆着男人们脱下来的鞋子。

"今天来的是职业模特，名叫阿蕙。阿蕙很受欢迎，估计学生会比平时多。"

裸体模特每周来的时间似乎是固定的。地上铺着木板，久美子走在前面，塑料拖鞋发出很大的声响。走廊两侧装饰着儿童画和主妇拙劣的雕刻作品。

"在这里办学的老师，毕业于艺术大学油画系。晚上来上课的很多学生是平时要上班的业余画手。"

"你平时上的绘画补习班也在这里吗？"

久美子耸了耸肩：

"我才不会到这种地方上课呢，我都去水道桥那边的补习班。我用这里打工赚来的钱付那边的补习费，来这里学画的没有中学生，所以不用担心。"

一定没有人愿意在同龄人面前展现自己的裸体，我想。走廊尽头有一扇对开的大门，久美子转动右侧的门把手，白炽灯泡照射的房间里热气蒸腾。二十叠榻榻米大的宽敞屋子中间有一个圆形展台，台上是一具亮得刺眼的雪白裸体。一个年轻女人蹲在那里，蜷着身子。瘦削的后背上脊柱清晰可辨，干枯的头发披在肩上。由于她低着头，我看不见她的脸，但她纤长的四肢很美。大概七八个成年人正围着她，专注地画着素描。有四个男人，其中有三人已是中老年，还有一人是年轻的美术生模样。另外三个女人看起来像是主妇。

"是这位吗？"

一个声音传来，我回过头。一个头发染了浅棕色的老女人站在我们身后。

"这就是办这间教室的村松老师。"

村松对我点头，她的手放在久美子浑圆的肩上，脸上没有一丝笑容。我从正面凝视模特。那是一个全裸的成年女子，长长的双腿弯折，头慵懒地歪着。画手的目光如箭矢一般刺向她的肉体。我的目光离不开模特的身体，模特安静地回望我。村松似乎认为我接受了这份工作。

"如果是第一次做的话，可能会有点儿不放心。我来为你介绍一下，从男学生开始——那边那位是初中的美术老师，他旁边那位店主在一条商业街上开酒吧，在学日本画。店主旁边的是公司员工，最后一位是小学的勤务员，他刚开始学画，但画得很好。"

那名据说是勤务员的男人略显老态，他走到村松身旁，笑嘻嘻地递上自己的素描本。"可以请模特站起来吗？"本子上的字迹苍劲有力。

"这位先生听不到声音。"

我心里一惊，盯着那个男人。他是不是谷田部先生？那是我的夜晚幻梦卷土重来的第一天。

我面色苍白地离开房间，在昏暗的走廊里调整呼吸。"谷田部先生"就在那扇门里，在素描画室。我觉得，这不是没来由的妄想。那个人长得很像社长夫妇和工厂附近的人描述的谷田部，不只如此，编织夜晚的幻梦时培养的敏锐直觉也告诉我，他就是谷田部。我没有说谎。成为小说家后，我的直觉从未落空过。想象是从摸索到现实核心的那一瞬间开始的。如果没有现实的土壤，想象根本无法生根发芽。

我怀疑是谷田部先生的那个男人，完全符合我夜晚的想象。他又矮又胖，还是个秃头。可是，他的表情却和我想的很不一样。眼前的人神色明朗，看不出一丝阴险，有一种能骗人似的豁达。老花镜显得他的一双小眼睛大了一些，并且很有亲和力——那双每个夜晚从洞口窥看我的眼睛，那双因看到被囚禁的我而欢喜的眼睛。

"怎么了？是不是不习惯这样的场面，难受了？"

久美子追过来，担心地询问。我胡乱点了点头，撇下她走了出去。初夏的黄昏，空气还是冷的，浸得人浑身冰凉。居民区里的树叶唰啦啦地摇晃着，有如我的内心。不多时，久美子也出来了。我们并排骑上了自行车。

"你突然跑出来，大家都吓了一跳呢。"

"抱歉。我只不过在想，自己应该干不了这份工作。那个听不见的人在哪所小学上班啊？"

"哦，你说田部先生啊。他就在这个城市的某所小学上班。学校的名字我听过一次，但不记得了。他好像一直想学画画，大家都说，他的素描连行家也要甘拜下风呢。"

谷田部和田部。两个名字的近似令我兴奋。

"他是什么时候开始来上课的？"

"这个嘛……"久美子认真地想着，任由夜风吹乱她的头发，"也就是最近吧？上初中之前，一直是那个老师教我画画的，可我以前没见过他。"

"田部先生的左手小拇指有指尖吗？"

"不知道。"久美子立刻回答。大概是我对田部异样的关心令她感到不快了吧。接着，她好像开始后悔介绍我来素描画室当模特了，紧紧抿着双唇：

"岛田，我把话说在前头。今天的事可不要告诉我父母。"

"我知道，不会说的。"

"谁都不能告诉。"

也许久美子喜欢赤身裸体地曝露于男性的目光之中。在逐渐昏暗的天光里，我偷偷观察她的表情。她背过脸去，要我绝不能泄露这个秘密。久美子是怀着怎样的心情站上模特台的？我感到夜晚的幻梦，以及自己对男人幻想的兴趣在体内翻滚。被强行曝露于男人欲望之下的我，和主动献身的久美子，我们之间的差异很大吗？

我和久美子在她家门口道别。她出身于有钱的大户人家，家里除了卖地，还经营梨园等农场。她住在一座带冠木门的老宅子里，宅建在一片蓊郁的榉木林中。依她的家境，她根本不需要打工。

从那以后，我和久美子在学校见到也不怎么说话了。于是，在我这本笔记中，这位名叫酒井久美子的朋友的戏份也就到此为止。后来，听说久美子如愿考上了私立美术大学，还读了研究生，成了一个画家。现在好像和村松一样，用她家那一大片地的一小部分办了绘画教室，教小孩子画画。

久美子的作用是巨大的。她连起了我的过去和现在，还向我证明，被凝视的一方也能享受快乐。备受监禁和屈辱的我，真的不曾品尝到丝毫的快乐吗？我决心再次反刍那起案件，继续培育夜晚的幻梦。

我绞尽脑汁想到一个办法：给P市的教委会打电话，报上自己的姓名和高中的名字，说自己"暑假的研究课题想以'小学勤务员'为主题"。尽管听来像是小学生水准的课题，好心的公务员还是帮我查了许多资料。

田部登记为埼玉县P市市立W小学的临时教职工。W小学有三名教务勤务员，其中两人是女性。田部是三年前开始在这所学校工作的，工作内容以值夜班和看管校内设施、林木、停车场等外勤为主。该职位招聘时的年龄要求为五十岁以内，因此现在他五十岁出头。也就是说，六年前的谷田部先生年龄在四十岁到四十五六岁。

暑假里，我下定决心，来到田部任职的小学。操场上正有一场女子垒球队的比赛，我避开沙尘，从花坛后面绕过去。游泳池那边不时传来老师拿着喇叭说话的声音和水声。

我推着自行车，边走边寻找田部的身影。

田部正在打扫教学楼后面的兔子窝。他用扫帚扫出兔子的粪蛋，左手端着簸箕。我隔着兔子窝外面的钢丝网偷偷观察，他小手没有指尖。田部就是"谷田部先生"，我的直觉是对的！我的手脚开始发抖。田部浑然不觉，以为我是这所小学的毕业生，冲我和蔼地笑了笑，问我有什么事。他的发音有些生硬，但不难分辨。田部端着簸箕，向我走来。

"谷田部先生，你好。"

田部读到我的唇语，露出艰涩的神情。接着，他指着自己的胸口，艰难地开口：

"田……田部。我叫田部进一郎。"

"你还记得我吗？"

"你……你去过素描教室吧？"

"不，我问的是更早以前的事。你是 K 市的谷田部先生吧？你曾经和健治在一家工厂工作过，对不对？安倍川健治。你不记得了吗？"

谷田部先生低着头，只抬起眼睛盯着我的嘴唇读完我的话，然后把脑袋歪向一边。看来他打算装傻。我生气了，从放在自行车筐里的书包中拿出笔记本，在空白处写道：

"我是北村景子，被安倍川健治诱拐的那个女孩。你是谷田部先生吧？"

我将本子塞到谷田部先生的手中，他快速地扫了一眼我潦草的笔迹，飞快地打量了我的全身，眼角闪现出淫荡之色。接着，他写下了回答：

"我根本不知道你在说什么。你认错人了。"

"你别装傻。"

"我没装傻。"

"不，你在搪塞。"

"我没有。"

谷田部先生的字迹流丽，而我的字小而僵硬。我们来回抢夺着笔记本，急迫地用笔交流着。空气渐渐变得灼热。

"你扔下健治跑了，警察还在找你呢！"

"我说了，你认错人了！再这样下去，我就要报警了！"

谷田部先生在这句话下面，唰啦啦地画了一张自己生气的脸。我疑惑地抬起头，他望着我，目光中带着得胜的自豪。情况对我不利。事到如今，我不想再去警察那里了。如今的我是一位默默无名的高中生，我满足于目前的生活状况。而且，法院对健治的审判已经结束，案子已经解决了，即使我去申诉也不会发生任何改变。我也不知道谷田部先生在案件中扮演了怎样的角色。谷田部先生又在本子上写道：

"你和久美子一起去过素描教室吧？去做模特吧。你也想像久美子那样，炫耀自己美丽而年轻的胴体吧？"

谷田部先生的作弄令我心灰意懒。我的发育较为迟缓，胸部尚未完全隆起，体态还未成熟，但心智已经老成。所以，少女的外表于我而言是难以承受的负担。谷田部先生继续写：

"你其实是想做的吧？"

谷田部先生明显带有恶意。我不再用笔与他交谈。他凝视着我的双唇，那双眼睛玷污着我。

"算了，因为我以前干过类似模特的事了。你知道的吧？六年前，我被健治诱拐，被他监禁了一整年呢——在那家工厂的二楼。健治在白天看我，而谷田部先生在晚上看我，对吧？"

谷田部先生眼中淫荡和恶意的神采湮没了，取而代之的是溺水的人寻找海岸的那种迫切的表情。他用簸箕铲起兔子拉的粪蛋，快步走开。我追在他身后。游泳池那边传来孩子们的欢呼声和一齐跳进水中的声音。游泳课的休息时间结束了。我一面追着谷田部先生，一面眷恋地回忆起过往。游泳课的回忆在我小学四年级的暑假便戛然而止了。小学五年级的时光于我而言是一段空白。那之后，我的人生都在对那起案件的思考中度过。

谷田部先生把兔子拉的粪蛋扔到垃圾焚烧处，急匆匆地朝教学楼的方向走。继续跟在他的身后又能怎样？恐惧的情绪也在我心中升起。如果我把谷田部先生逼上绝路，会不会适得其反，遭遇不幸？如果当真如此要怎么办？即使会这样，也没有关系。因为我想知道事情的真相。

谷田部先生无奈地回头看我，像是在说："你到底要跟到哪里？"他的笑容明亮，大概很讨孩子们喜欢。谷田部先生吃力地开口说道：

"真……真是为难啊。你……你误会了。我该怎么办呢？"

"谷田部先生，请你告诉我！"我对着他大喊，"在我之前，究竟发生过什么？'小美'到底是谁？是不是你扔掉了我那张求救的字条？"

谷田部先生疑惑不解地反复摸着他的秃头。这时，一位年轻的男老师从安全出口的楼梯上走下来，他身穿白色衬衫和牛仔裤，抱着几支羽毛球拍。

男老师看见我声色俱厉地逼问谷田部先生，似乎吓了一跳，惊慌地问：

"出什么事了？"

这个男人对你做了什么吗？疑问和接连涌起的好奇在男老师的脸上盘桓不去。那股好奇和他人曾大量投注在我身上的好奇相同，令我萎靡不振。他人的目光如射线一般，使我的内心崩坏。

"没什么。"

读到我唇语的谷田部先生扬扬得意地点了点头。实际上，我一败涂地。谷田部先生不可能承认他犯的罪。不，我甚至不确定他究竟是否有罪。但我心中萌生了一股确信，这股确信必然会给夜晚的幻梦染上更加恶毒的色彩。

那天，我给宫坂打了电话。我的案件告结之后，宫坂被调去其他地方工作。寄来的贺年卡的地址看上去是公务员宿舍，位于四国的某个城市。

我报上名字，宫坂的声音中仿佛有些惊讶。

"好久不见啦。你多大了？"

明知故问——我这样想着，还是告诉他自己升上了高中。听筒那边的嘈杂声一下子安静了，好像是宫坂关上了电视。

"我想知道，你长成了怎样的女人，毕竟从小学五年级的时候，我就认识你了。"

"让他活下去，好好赎罪"——听到我拜托你转告健治的这句话时，你不是已经认为我变得平庸，大失所望了吗？你对我失去了兴趣，也看低了那起案件。我心里想着这些，但没有说出口。宫坂继续说道：

"很抱歉，你的案子最终也没能解决。我们怎么也抓不住问题的关键。我也很想知道真相，可你什么都不说，安倍川也不说。我从没遇到过这么难查的案子。安倍川现在在仙台的监狱坐牢，你的话我带给他了。"

"宫坂先生，那时候，我这起案子其实让你很享受吧？"

我不由自主地问出了这个问题。除了我和健治，其他人都曾想象案件的实质，从而享受其中。宫坂的笑声像金属碰撞一般尖厉：

"怎么可能？你为什么会这样想？让我听听你的想法——"

"迟早有一天，我会说出我的想法的。不过，宫坂先生，我今天见到谷田部先生了。"

"谷田部？"宫坂来了兴致，"他在哪儿？你以前见过谷田部吗？"

"没有。不过，他肯定是谷田部先生。"

"证据呢？"

"没有证据。不过，他一定是。不会有错。"

"好吧。告诉我他在哪儿，我试着联系一下 M 市的警方。"

"请别联系警方。我已经不介意这些了。"

既然如此，我又为什么要给宫坂打电话呢？我的大脑一片混乱，唯有一个事实是清晰的：我想知道，宫坂知道我发现谷田部后会作何反应。结果，他一本正经的反应和我之前给他的反应一样让我失望。

"你是不是对我失望了？"宫坂尖锐地质问，"是吧？我对你的案子没感觉了，你很失望吧？"

我挂断了电话。

下面谈谈我的处女作《犹如泥泞》的故事原型。当然，小说发表时，登场人物的名字和案件经过我都已做了改变——为了不让读者知道它的作者是那起诱拐监禁案的受害人。

至于我是如何开始写这部小说的——有一天，我正在预习数学，一道怎么也解不开的算式下面突然有文字冒了出来。文字在瞬间涌现，我迫不及待地想要把它们记下来。我不得不买了新的数学笔记本，最后，数学预习得如何已经无关紧要了。我将写了满满一本的故事誊抄下来，投给了文学杂志。之所以投稿，并不是希望有人读到我写的文字，仅仅是不想将写好的东西留在身边。我想，投出去总比直接扔掉它要好。我的心仿佛得到了净化。然而，这种感受稍纵即逝，没过多久，奔涌的文字再次向我袭来。如此这般之后，我成了作家。

我写的是健治的故事，或许也是发生在我身上的那件事的真相。也许是我的想象在直觉的支撑下，夜夜抽芽吐穗，终于抓住了案件的核心，并且将那毒液悉数吐了出来。开始写作的那天，是九月一日的夜晚。这个日子我记得很清楚，因为那天是新学期的开始，我遇到了久美子，她告诉我，谷田部先生在暑假时辞去了小学的工作。

健治在 K 市的繁华街区漫无目的地游荡。那是八月的夜晚，天气闷热，汗水淌遍了全身。白天尚未消散的热气笼罩着街道。街上霓虹灯遍布，站街的女人们穿着薄薄的沙滩裙，涂着艳丽的红嘴唇。这是一个奇妙的城市，只有到了夜晚才变得美丽。正午的街上荒无人烟，只有灰头土脸的猫猫狗狗从背阴的地方走过。健治以前会捡这些小动物回去，但总被谷田部先生骂，后来就不再捡了。不知道为什么，小猫小狗总是在房间里衰弱而死。看来动物被夺走光明、禁锢于黑暗之中后，就会失去生命力。

不过，这次的命令要怎么完成呢？健治没有完成任务的自信，因为他几乎没机会和年轻女人讲话。可是，谷田部先生命令健治带年轻的女人回来，还得是一等一的年轻女人。不，谷田部先生不可能直接说出这种要求，这是健治自作主张的理解。他擅自揣测了谷田部先生不高兴的理由和谷田部先生缺少的东西。健治总是去考量谷田部先生的想法，替谷田部先生开口说话。因此，他很快就能理解谷田部先生在想什么、想要什么。健治活在这个世上，一心只顾考虑谷田部先生的需求，并尽可能地满足。

健治模模糊糊地觉得，谷田部先生对自己的兴趣已经转移到了别人身上。因为他成了和谷田部先生一样的成年男人。谷田部先生不想抱着长大后的健治睡觉。健治已经有三年得不到谷田部先生的怀抱了。

健治二十二岁。被谷田部先生捡回来的时候，他不过十岁上下。借着北海道大山里那所福利院着火的机会，他偷偷逃了出来，藏在水坝工程的建材仓库里。一次，他饿着肚子站在小镇的餐馆门口向里望，被谷田部先生发现了。健治恳求谷田部先生将他带走，因为他总是在福利院里受欺负，不想再回去了。谷田部先生答应下来，但他或许已经有所察觉，是健治从后厨偷来火柴，点燃了福利院聊天室的窗帘。福利院因为那场火灾被烧了个干净，一位老师和一个三岁的孩子在火灾中身亡。失踪的孩子除了健治，还有另一个人。于是健治想，就当火是那个孩子放的好了。

谷田部先生谎称健治是他的小孩，让他陪伴在身边。从一家工厂到另一家工厂，在山里待腻了就去海边的小镇，去过都市后又转去乡村。谷田部先生总是抱着健治，和他在同一个被窝里睡觉。喝醉的谷田部先生在黑夜里都做了些什么呢？小时候，健治一想起这个就止不住地浑身颤抖。他从未意识到那颤抖源于一种关乎耻辱和恍惚的激烈情绪，却知道它无限接近于自己身体里某种蠢蠢欲动且不明真相的冲动。如今，他自己偶尔也会被这种冲动捉弄。每当此时，他就没来由地想要大吼，想虐杀小动物。这是为什么呢？是那个谷田部先生和自己都有的器官，是它让谷田部先生做出下流的事情，并且让自己疯狂。

——谷田部先生把我当作奴隶，在我身上寻求满足，但只能任由他摆布的我，心里会有不满。其实我也想随心所欲，我偷偷地想。谷田部先生的满足，勾起了我的不满。以前的我不是这样的。那时的我觉得，只要谷田部先生感到满足，我就可以一直在他身边待下去。我一定是喜欢谷田部先生的。

——谷田部先生有一种天才般的直觉，总能找到不被任何人发现的隐蔽住处。他在 K 市就找到了现在这份工作。可以住在工厂的二层，吃住都很自由。他告诉我：社长夫妇是一对白痴，你也要乖顺一些。所以，我装出脑子不太好使的样子，让他们随意使唤。为了谷田部先生和我能够自由自在地生活，我津津有味地吃下社长夫人做的难以下咽的饭菜，即使被社长打也绝不还手。

——可是，谷田部先生不再让我去他的床上睡觉。回你自己的房间睡去——他命令我。命令其他事情的话，他再也不对我说了。不仅如此，这半年来，他心情不好的时候总是拿我撒气。他是不是不想要我了？我很害怕。苦恼到最后，我想到了一个办法：为谷田部先生奉上新的猎物。这就是我的任务。

　　——谷田部先生对猎物的渴望是周期性的。起初是年幼的我，等我长大后，猎物又变成了女人。可他和女人之间并非永远那么顺利。女人们不真诚，很快会从谷田部先生身边逃走，不知道去了哪里。但是，我必须去狩猎女人。

　　"女人，女人。"健治喃喃自语着转过街角。他知道，没那么容易弄到女人。K市夜晚的那些女人不是健治骗得了的。她们都是特地从其他城市过来赚钱的，净是些贪得无厌的人。

　　"哥哥们，进店看看吧。给你打折哟。"

　　拐过一条小巷，几个菲律宾酒吧的女孩子忽然迎上来揽客。这是一家新开的店铺。店主是放高利贷的，店里的开销很大，健治和谷田部先生绝对消费不起。女人们皮肤微黑，塌鼻梁，笑容和蔼可亲，讨人喜欢。她们扭动着纤细的身子跳舞，引诱男人。但是，女人们谁都不愿看健治一眼。她们把注意力放在健治身后那些衣着光鲜的工人身上。健治一看就没钱，所以在Ｋ市这条寻欢作乐的街上，很少会有女人主动和他打招呼。

健治的目光和一个在霓虹灯阴影里啃着指甲的女人相遇了。那是一个菲律宾人，相貌平庸，却涂着不相称的艳丽口红。身高不到一米五，有点儿对眼。健治俯视着女人，思忖她是否符合谷田部先生的喜好。女人穿一件大开领的黄色Ｔ恤，下身是紧绷的白色热裤。她干瘦如柴，不穿偏小的衣服根本显不出胸部的鼓胀和腰身。和站在夜晚的街市中相比，她似乎更适合做一个保姆。然而，也只有这样的女人愿意搭理健治。这女人感受到健治的目光，却一点儿笑脸也没有，仍旧啃着指甲。健治悄悄对女人耳语：

"不去店里也可以见面吗？"

女人不再啃咬指甲，被她啃下来的半月形指甲挂在唇边。

"可以啊，没问题。"

"多少钱？"

女人大大方方地伸出三根手指。健治点头，约好十二点酒吧打烊后来接她。

女人还在挥手，但健治已经头也不回地朝工厂附近的那家挂着红灯笼的店跑去。因为谷田部先生下班后就会在那里喝烧酒。如果不告诉他一会儿有女人来，他也许会喝得酩酊大醉，倒头就睡。而且，健治也想让谷田部先生称赞他的勇气。

健治穿过粗绳编的门帘走进店里，谷田部先生认出他后，立刻把醉得通红的脸背了过去——他最近一直如此。谷田部先生对我冷漠无情——健治感到心痛。可谷田部先生以前性格开朗，总是笑呵呵的，擅长开玩笑，也会抓住人心。所以，健治不用多说什么，只要和谷田部先生在一起就是快乐的。但来到这个城市后，谷田部先生好像突然不喜欢健治的性格了，连话都不愿和他多说。

健治站在谷田部先生的面前。谷田部先生把毛豆的空壳扔到他胸前，但健治并不介意。毛豆不算什么。谷田部先生工作时会乱丢各种东西。曾有削尖的车床屑飞来，刮伤了健治的额头；也曾有卡尺扎破过健治的手背。健治明白谷田部先生为什么要虐待自己，因为他厌恶长大后的自己，这和小狗长大后就不可爱了是一个道理："你就像一头肮脏的熊！"

谷田部先生四十二岁，但发际线后退得厉害。他眼神凶狠，闪着倔强的光。在酒鬼和潦倒的人们醉话连篇的酒馆里，他显得格外有男子汉气概。谷田部先生故意像女人一样翘着小拇指拿玻璃杯，没有指尖的小拇指无遮无拦地跳入人们眼中，大家都以为他是黑社会的人，谁也不敢冲撞他。实际上，连工厂的社长都怕他。不过健治知道，他弄断手指是为了骗取保险金。

"谷田部先生，晚上会有好事发生哦。"

谷田部先生读着健治的唇语，不耐烦地做了个手势，示意他滚一边儿去。健治拼命把话说下去：

"会有好事发生的哟。所以，你要等着别睡哦。"

谷田部先生歪了歪头，危险地蹙起眉头。像是在问：什么事？

"敬请期待。是我送给你的礼物。"

谷田部先生看着健治高大的身躯挡在面前，一定很郁闷。"挡着我看电视了，走开！"他又一次挥手赶人。健治只好翘起左手的小拇指，那是男人之间通用的下流暗号——女人。谷田部先生装模作样地从口袋里拿出便笺和铅笔。便笺是裁好后打成捆的广告纸。谷田部先生在纸上行云流水般写下苍劲有力的字：

"什么意思？"

健治写不好字，于是用嘴说。为了让谷田部先生看得清楚，他尽量做到口齿清晰。

"谷田部先生，今天晚上，我会带一个女人去你屋里。你想要女人吧？"

谷田部先生继续在纸上写字，神情完全不为所动。

"谁来付钱？"

健治环视四周。几个客人入迷地看着转播的晚场棒球比赛，没有谁注意到角落中的他和谷田部先生。店主也在吧台里喝着酒，专心地看体育报纸。健治弯下腰，小声说：

"不用付钱。把她关起来就好了。"

像对待小猫小狗一样。对于自己想要的东西和希望它长期陪在自己身边的东西，健治一直是这样做的。谷田部先生不也是这样，把自己捡回来养着吗？这次轮到年轻女人了，对吧？他觉得这个建议不错，谷田部先生却闷头喝着烧酒。不过，健治看得出，谷田部先生的眼底射出了淫乱的光。那是有如黎明的辉光。新的愉悦即将到来，或许谷田部先生又会像以前一样珍惜自己了。新的希望诞生了。

"哪有那么容易的事？你这个笨蛋！"

谷田部先生一面写着，一面"噗"地笑了出来。他快活地摇动着双脚，比了一个小小的胜利手势。看样子是愿意轻轻松松地试试看。店主望着他们二人，咧嘴笑了笑。健治骄傲得不得了。谷田部先生多帅呀！他永远散发着一种享乐的气场。无论是在工厂还是酒馆，或者自行车赛场，谷田部先生都很受欢迎。健治也笑了。谷田部先生的心好像被女人抢走了，健治虽然因此难过，但只要能帮上谷田部先生，他什么都愿意做，什么都能做。

"喂，你这家伙，难不成是在小看我？"

听到谷田部先生在昏暗走廊里的高喊，健治惊愕不已。这是怎么回事？他花了好多心思才把女人从店里带来，安抚吵嚷着要先付费的她等在屋里。谷田部先生抱着胳膊，穿着拖鞋的脚一下一下用力地踢着走廊上的木板孔。木板孔里堵满了垃圾。

"不、不管怎么说，我、我还是有我的喜好的！你这家伙，是不是觉得只要是女人就行？那种货色，叫……叫人怎么有兴致？！也太丑了吧！我对女人，还是有点儿要求的，你不知道吗？"

"你是说，我做了件蠢事？"

受伤的健治终于决定争辩。谷田部先生"啪"地拍了下健治的肩膀，笑着回了自己的房间。留在走廊上的健治恍然大悟：他的意思是随便我怎么处理都行。这时，门突然开了。

"付钱！"

女人怒气冲冲地抗议道。健治盯着她斜挎在胸前的钱袋和 T 恤下面一马平川的胸部，一股怒火直蹿上来。

"他不做，那就算了。但是，一万日元！"

女人的小手伸到健治面前，健治的手横着打了出去。回过神来，那女人已经倒在走廊上，正捂着脸哭。"警察——警察——"她喃喃道。谷田部先生听不见，所以不会出来。

健治环顾走廊，走廊上一个人也没有，所以不会有人知道。谷田部先生也不知道。把她关起来就行了，像关小猫小狗一样。这样，说不定谷田部先生哪天又会喜欢上这个女人。说不定他会夸我做得好。

"进我房间。"

健治命令女人。女人害怕地在走廊上倒退了几步，有如干瘪的青蛙般丑陋。

动物的性情也各有不同：敏捷的猫假装适应了环境，却总在瞄准时机偷逃；凶猛的狗朝人龇牙咧嘴；执拗的小奶猫至死都要哀叫不停；没精打采的狗是讨人嫌的，总是一脸生无可恋。每抓到一只小动物，健治都怀着愉悦的期待——这次是个怎样的小家伙呢？不过，也许唯独女人这种生物，是世间最无聊的东西。她们不像小动物那么可爱。小奶猫、小奶狗的可爱在女人的百倍之上。

它们的身体小而柔软，任由健治摆布。正因为可爱，健治才喜欢；正因为可爱，健治才想杀掉它们。如果用力把它们摔在墙上会怎么样呢？如果不给它们吃的，把它们拴住，它们会不会听话？每当心爱的小动物死去，健治都难过得厉害。他会连续几天吃不下饭，在工厂干活儿也应付了事，净是挨谷田部先生的训。不过，偶尔难过一下也不错。遇上可爱的动物，健治就想把它杀掉；如果那动物不可爱、不听健治的话，迟早也只能把它杀掉。不可爱的动物死掉时，健治只是有点儿不高兴，也不会怎么样。

健治观察着正在环视房间的女人。女人也许是害怕他，绷着脸呆立了一会儿，就发生了变化。她开始用健治听不懂的语言说话，那音调平坦，听起来像乌鸦的叫声。这不是跟小动物一样吗——健治高兴起来。他听不懂动物的语言，不能和动物对话。但有时仿佛能和它们心灵相通，还能和它们争吵。这女人的性情又如何呢？健治有了几分期待。

谷田部先生能说不少话，经常命令健治干这干那。他大部分时候都用手比画，或写字条和人交流，但生气的时候必定会开口讲话。所以，语言是用来下命令或恐吓对方的。"桧之寮"那里不也是这样吗？健治想起了小时候在福利院的寄宿生活。

宿舍里最牛气的不是宿舍长也不是管理员，而是高年级的学生。健治一年到头都在被他们呼来唤去。"健治，把马桶舔干净！""健治，给我偷饭来！""健治，去吃田里的土！"住在宿舍的都是失去父母的孩子，健治是其中最小的。虽然也有更小的孩子住进来，但没多久就会有人来将他们带走——或者是失踪的父亲，或者是母亲的亲戚，等等。宿舍中年龄最小、饱受欺凌的健治，也曾希望有一天会有人来将自己接走。遇到谷田部先生的时候，健治以为谷田部先生可能就是自己的父亲。因为谷田部先生笑呵呵的，没对他说一句命令的话。

健治第一次遇见谷田部先生，是在女满别町附近的一家饭馆。谷田部先生坐在雾气腾腾的玻璃窗旁，边喝酒边吃煎饺和盘子里的小菜，看样子吃得很香。健治整整两天没吃过任何东西了，大概是他的眼神太过凶残，引起了谷田部先生的注意。谷田部先生向他招了招手，见健治没有要进饭馆的样子，则继续朝他招手。谷田部先生特意为他点了一份拉面，健治抬头望着谷田部先生的脸，谷田部先生却入迷地望着电视转播的赛马比赛。

"这个，我可以吃吗？"

饭馆的大叔悄悄对健治说：

"那个人听不见，也不怎么讲话。别问了，你就吃吧。"

谷田部先生转过头来，像是听到了刚才的话。健治一脸怯懦，觉得自己做了不好的事。而谷田部先生望着健治微笑，比画着示意他"吃吧"。谷田部先生不会用语言向自己发号施令，这远比吃到拉面更令健治开心。于是，他决定永不离开谷田部先生。

"我不要！"

女人看到被封死的窗户，说了一句话。健治很讨厌外面的光线射进房间，于是用胶合板将窗户钉死，还在上面糊了一层纸。他不明白女人为什么讨厌这样。

"为什么啊？"

健治问女人。动物不会和他说这些。

"太黑了。"

女人嘟囔着，目光落到床上。然而，她看到肮脏的床单和凌乱的枕头，却什么也没有说。社长夫人来这屋里瞧过，只看了一眼就皱着眉头走了，再也没来过第二次。女人在这方面倒是和小动物很像——健治放心了。对了，得给她起个名字。健治盘腿坐在榻榻米上，想了好几个名字。"小实"——突然，他想到了曾和他住在同一栋宿舍楼的高年级学生的名字。

那个男孩名叫安藤实，比健治大两岁，小眼睛，皮肤白皙，五官小巧玲珑。安藤实也常被初中学长们嘲笑、欺凌。大家都叫他"小美"[1]。"大家对我直呼其名，为什么唯独叫你'小美'呢？"实撇着嘴回答健治的问题："哎，也许是拿我当女孩子吧。"实的睡脸的确可爱。宿舍里的孩子从初中起都住在带床的双人间；所有小学生则在一个大开间里睡通铺。有时候，健治望着实的半张着嘴侧身熟睡的脸，会在心里想：他真是和我完全不同的人啊。

1　在日语中，"小实"和"小美"的读音相同。

那是一年初春，晚饭时，初中生们小声唱着歌："小实边走边淌屎。"这句歌谣像是某种暗号，唱着歌的人总是相视而笑。实仿佛浑然不觉，正在食堂一角和宿舍长解数学题。实功课很好，宿舍长很喜欢他。那天晚上，健治听到一串脚步声，醒来发现睡在同一个房间的实不见了。健治起身走到厕所，厕所也没有实的身影。他到底去哪儿了呢？健治好奇地走过长廊，听到置物间传来类似喘息的奇妙声音。在那里，他见识了另一种欺凌或暴力，与高年级学生一贯对自己的凌辱完全不同。

　　实趴在地上，被人扒光了衣服，正被四个初中生围着。健治体内蹿起一团火焰。欺凌实的中学生似乎察觉到有人来了，回头看向门外。健治怕得双脚冻住了似的动弹不得，可更怕被人发现的反而是这群中学生。他们急迫的目光和发情的公狗别无二致。健治悄悄地向后退。他害怕自己和实遭遇同样的不幸，却也预感到，自己绝不会和他遭遇同样的不幸。自己不可能被人疼爱，只会承受更残酷的境遇。想到自己得不到疼爱，只有挨打的份儿，健治不禁愕然——也许自己渴望成为初中生们的"小实"。

　　目睹此事半年之后，健治放火烧了宿舍。火灾中，另一个下落不明的孩子就是实。实和健治一样，趁着着火逃出了福利院。

"小美。"健治试着唤出声音来。这个名字和自己心中的欲望直接相连。话音刚落，他便意识到自己兴奋了起来。"小美。从今以后，我就这样叫你了。听好了，要记住，你叫小美！"

"小美？"

女人露出讶异的表情。

"小美，小美。"

健治口中念念有词，让女人趴在床上，摆出和那一天的实一样的姿势。女人慌张地回头，说着健治听不懂的话——她的话一定和钱有关，女人一有事总是立刻想要钱，小动物就不会说这些。小实也没有收钱。是的，因为小实只会被人欺凌。"小实边走边淌屎。"健治想着初中生的歌谣，开始剥女人的衣服。

"等一下！"

也许是怕衣服被扯破，女人慌里慌张地自己脱了起来。谷田部先生屋子的抽屉里有好多黄书，书里的女人就穿着这样的内衣。健治像那群初中生做过的那样贴上去。可是接下来要怎么做？这样的问题，他想都不曾想过。由于总是不顺利，女人急了，上手帮他。是舒服，还是难受？健治的大脑一片混乱。

一阵窸窣声响起。声音从床旁边的墙上传来，细细小小，像是在用锥子打孔——一定是谷田部那老头儿在墙上钻洞，要从洞口偷看我和女人。曾用油腻的目光望着我的谷田部先生，正在一墙之隔的地方观察我呢。这是谷田部先生对我的新指令。"做给我看！"表扬我吧，谷田部先生！

健治的感觉忽然变得强烈，结束了动作。

"好痛啊！"

女人生气了，说健治太粗暴了。她从小钱袋里拿出安全套，拎到健治的鼻尖前。健治懂了，她是在抗议自己刚才为什么不戴套。女人真是麻烦。然而，对于谷田部先生和自己之间的新关系来说，"小美"是必需的。她是很好的猎物，能做到小猫小狗做不到的事，所以必须善待"小美"。

"对不起，对不起。"

健治一面道歉，一面开动脑筋，想办法把女人禁闭于此。女人从小钱袋里掏出薄荷香烟吸起来。见她在找烟灰缸，健治将丢在垃圾桶里的杯面空碗递了过去。

"渴了。"

女人忽然有了居高临下的态度。健治忍着没有发火，把桌上的水壶递给她，但女人惊慌地摇晃着双手，举止浮夸："哦！不要！"这水壶到底是哪里让她这么厌恶？健治不明白。他每天都打新的水啊。

"小美，你想要什么？"

"啤酒。"

"知道了。我去买。"

健治穿好衣服，偷偷瞄了一眼洞口的方向——谷田部先生。怎么才能把这女人关在这里？而且，怎么才能让她闭嘴？不可能像小奶猫一样，把她摔到墙上了事。要是她死了，谷田部先生会很头痛吧？健治想听听谷田部先生的意思，便到走廊上敲他的房门。可谷田部先生没有出现。健治没有办法，只好下了楼，从工厂的冰箱里拿了一听可乐回来。那可乐是谷田部先生的，健治知道自己会挨骂，但他不想给女人买啤酒，那样既要花钱又很麻烦。

谷田部先生双手叉腰站在昏暗的走廊上，健治笑呵呵地凑上前，希望得到夸奖。可谷田部先生照着他的胸口推了一把。

"怎么了，谷田部先生？"

谷田部先生比画着，示意健治不要跟来，径自走进了健治的房间。

"你是谁？"

房中传来女人惊恐的叫喊声，随即立刻安静下来。健治紧紧攥着冰可乐，伫立在走廊上。原来谷田部先生看着看着，便起了自己动手的念头。这点儿事，健治还是能想通的，因为谷田部先生的欲望永无止境。健治喝干了可乐，谷田部先生还没出来。"我也从谷田部先生的屋子偷看试试吧？"健治很满意这个突如其来的想法，"这样一来，我就和谷田部先生平起平坐了。"健治觉得自己似乎获得了一个想都不敢想的晋升机会。

健治想拧开谷田部先生的房门，可门上了锁。看来谷田部先生不想让其他人成为窥视的一方。健治一屁股坐在走廊上，情绪汹涌而至，比起不甘，更多的是自惭形秽。此时的他，和刚才的女人一样不堪一击。约莫过去一个小时，谷田部先生终于打开健治的房门走了出来。健治刚一抬头，他便冲过来掴了健治一个耳光。

健治一头雾水，捂着脸偷看满面怒气的谷田部先生。谷田部先生发狂地指着健治的身旁，原来他在气健治喝了他买回来的冰镇可乐。健治震惊地抗辩：

"你不是也享受了吗？我带她回来的时候，你分明说人家丑来着。我喝一听可乐有什么？"

"少啰唆！你只要听我的话就完事了！"

健治低下头，思忖谷田部先生命令的深意。他第一次意识到，谷田部先生的"语言"是如此任性。

——谷田部先生不是我的父亲。他只在我小的时候对我温柔。现在的谷田部先生是和我一样的男人。不，因为我长大了，所以是我变成了和谷田部先生一样的大人。既然如此，我要被他使唤到什么时候呢？我辛辛苦苦带回来的猎物，他觉得不合心意就把人家赶出门外，偷看之后又来巧取豪夺。不过喝他一听可乐，就要这样打我。

健治的怒火一发不可收拾。

——如果是这样的话，我就把"小美"关在自己的房间里，不让谷田部先生碰她一根手指。谷田部先生就算再眼馋，也只能从墙上的洞口偷窥，而且只能偶尔看看。

健治跑下楼，抱回工厂备用的工具箱。他知道箱子里有好几把锁。社长在河边租着仓库，锁是为了守住那里买的——就把里面最大的那把锁挂在我的门外吧！我要让"小美"只属于我一个人。

——如果"小美"不听我的话，我就把她绑在床上，不让她跑。在工厂干活儿的时候就从外面上锁，绝不让她跑出去。"小美"也许会大吵大闹，但谷田部先生本来就听不见，工厂的噪声又强，谁都不会发现。

健治越想越觉得这是个好主意，他用力挥着锤头，第一次察觉到自己涌起了与谷田部先生竞争的念头。

健治打开门，女人颤抖着，目光中流露着恐惧。"不，不，不要杀我！"女人用力挥动双手恳求。健治苦笑了一下，将手中的锤头往榻榻米上一扔：

"我不会杀你的，毕竟你要和我一起过日子呢。"健治故意说得很大声，还看了看墙上像是打了孔的那个地方。反正那老头子也听不见。"不然，我就不会给你取名叫小美了。"

"店里怎么办？"

"你就别管啦。待在这儿就行了。"

"我可以待在这里吗？"

女人意外地放松下来，卸了身上的力气，散漫地靠在床上。她大概是觉得待在这里比在那间酒吧上班要好上许多。女人名叫阿娜。她用极为有限的日语词汇告诉健治，她无论接多少客人都会被克扣工钱，最近正想逃离那间酒吧。她说，只要她还有账未还，就算回到故乡也会再被送回来，于是请求健治允许她在这里住下。本是猎物的女人反而赖着不走。就这样，健治和"小美"格外离奇的共同生活开始了。

第二天早上，健治得意扬扬地给房门上锁时，正巧遇到谷田部先生从房间出来。谷田部先生穿着工服，脖子上围了一条时髦的红围巾。想起社长夫人曾嘲笑谷田部先生"围一条花头巾"，健治有些不悦。谷田部先生想找女人的时候才会戴那条红围巾出门搭讪。他如果知道阿娜还在，一准儿会瞄上她。

谷田部先生指了指那锁头，露出微妙的神色。健治没有回应，扭头就走。

"等等！"谷田部先生粗暴地戳着健治的肩："为……为

什么要上锁啊？你……你什么意思啊？"

"我怕进贼。"

"你……你说我是贼？"

谷田部先生一把抓起健治的前襟，扬手打在他的脸上。他的气势立刻压倒了健治。但这一次，健治不想认输。

"我可没这么想。"

"那……那……你为什么上锁？"谷田部先生又指着钥匙，艰难地发出怒吼，"是故意作弄我吗？"

"没有的事。"

健治想找到更好的说辞，但他的脑筋转得没有那么快。谷田部先生细想一番，似乎恍然大悟，突然笑了："你……你这无赖！"他马上从兜里掏出便笺，流利地写起字来。

"你是怕昨天那女人跑了吧？你这叫犯罪。这样可不行，快放她走！警察会来抓你的！"

健治固执地摇头，谷田部先生愣愣地望了他一会儿，又一次把便笺推到他眼前。便笺上这样写着：

"那我就当不知道。我可不做你的共犯。"

接着，谷田部先生将那张便笺撕碎扔了。可健治有一股强烈的直觉，谷田部先生尽管不担责任，却也想得到阿娜。如果真是这样，那自己应该高兴，还是难过呢？健治搞不清楚。

几天过去了，阿娜总是睡觉，即使不能离开那昏暗的房间一步，也毫不在乎。健治给她端来食物，她只吃很少的一点儿，平时经常哼唱健治没听过的流行歌，看样子并不无聊。可一周后，她就变了。她开始抱怨屋里没有电视，想听CD，等等。健治渐渐觉得厌烦，开始对阿娜动粗，把她推到一边。这样一来，她就能安静一会儿。一天晚上，健治正在睡觉，阿娜把手放过去。他耳边飘过阿娜的声音。

"来吧。"

可是健治清楚，如果谷田部先生没从墙上的洞口偷看，自己就硬不起来。没有谷田部先生，自己什么也做不了。这也就意味着，他将永远是谷田部先生的喽啰。健治抱住自己的脑袋。这样的时候，要怎么办呢？谷田部先生，请告诉我。阿娜抚摩着健治硬实的头发低语道：

"小美想要。小美在这儿，就是为了这个。对不对？没这个所以不买电视，对不对？没这个，所以健治不温柔。"

真的是因为这些吗？健治在黑暗中思忖。我把这女人关在这里，是因为想和她做那种事吗？不是。如果对方不是普通的女人，而是安藤实——也就是小实的话就好了。而如果我是谷田部先生的小实，那就更好了。健治一下子看清了欲望的真正模样，呼吸立刻变得粗重——我只有谷田部先生，我想永远被谷田部先生抱在怀里。

“小美想要。”

“明天会做的。”

健治将贴上来的阿娜推到墙边。阿娜好像生气了，她下了床，在榻榻米上像没头苍蝇似的转来转去。

“为什么不跟我做？要是讨厌小美，就放我出去。”

“不行。”

“我不要！不要过这样的生活。”

阿娜抱着衣服，朝门边跑去。健治跳起来，揪住阿娜的头发往后扯，把她拽倒在地。阿娜摔了个滚翻，脸上霎时肿了起来。健治像谷田部先生对待自己的时候一样大力，一样猛烈。他用捆行李的胶带缠住大哭不止的阿娜的手脚，把她推倒在榻榻米上。阿娜哭了很久，可健治闭着眼，并不理她。

第二天晚上，健治开着灯和阿娜交媾。他虽然不喜欢女人，但想到谷田部先生一定就在仅仅一米开外的地方望着，快感就奔涌而来，麻痹了脑仁。白天，他在工厂偷偷地通风报信：“谷田部先生，今晚你要看我哦。”谷田部先生听到这句话似乎就明白了，他不住地点头，露出淡淡的笑意。所以，此时此刻，谷田部先生一定在偷看。墙的那边飞来一个个指令。同时，健治幻想中的谷田部先生正贴在他的背上。是的，就像从前那样，健治更年轻的时候那样。

"你呀，真是可爱。"

谷田部先生会开心地笑起来吧。以前，他抱住我后一定会这么做。他会摸摸我的脸，说出这句话。如果时间可以倒流该多好！为什么我现在长得比谷田部先生还要高大了呢？健治为自己难过。做完之后，健治将阿娜推倒在床上，来到走廊。

健治等了又等，谷田部先生却不出现。他一定是觉得囚禁阿娜是犯罪，所以假装毫不知情。他想和这件事撇清关系——健治相当不满。

明知道谷田部先生听不见，健治还是试探着敲了敲他的房门。可门里只传来很大的电视声，除此以外什么也听不见。健治叹了口气，仰头望着玻璃窗外无边无际的夜空。

繁华街区的霓虹灯也照不到这里——夜空晦暗，而我每天重复着同样的劳作，过着吃了就睡的生活。可只要和谷田部先生在一起，我什么都可以做。我和谷田部先生的新生活也许本就该是这样。只要给谷田部先生提供快乐，他就不会离开我——健治整理好自己的思绪，回了房间。

"我要离开！"

阿娜穿着有点儿脏的 T 恤和热裤站在屋里。她手里拿着钱袋。薄荷香烟已经抽完了，零钱被健治拿走花掉了，除了没用过的安全套，钱袋里再没别的东西。阿娜本来个子就矮，在健治的屋里待了几天，更显得干瘪了。这穷酸的女人光吃亏了。健治下意识地动了怜悯的心思。阿娜就像被谷田部先生捡到时的自己，像脏兮兮的小狗、瘦弱的小猫，得温柔地待她，让她留在这里才行。

"小美，我不会再打你了。你就留下来吧。"

"骗人。"阿娜毫不掩饰自己的怀疑，"你这是说谎。我知道！你不喜欢小美。"

"我喜欢的。"

健治不知所措地拉过阿娜黝黑的小手，阿娜歪着脑袋抬头看健治，像是十分惊讶，那模样宛如孩童，也并非不可爱。女孩子也有和小动物相似的地方。既然如此，也许做一些小动物做不到的事，让她觉得有意思就可以了。例如，玩过家家，假装在学校上课。阿娜不懂日语，那就教她。如果有小学二年级的教科书，自己也可以教她。健治对阿娜说：

"小美，我给你买个学生书包吧。"

"那是什么？"

"上学时背的书包啦。买红色的吧？我以前用的是别人用过的黑书包。买了书包，我们就学习。"

阿娜一脸疑惑。她不明白健治在说什么。可是，健治仍在不管不顾地痴人说梦。他讲起今后三个人的生活，让阿娜学日语，和自己一起变聪明。谷田部先生有欲望的时候，他就抱着阿娜，满足谷田部先生的欲求。他只有这个办法了。

阿娜在两年后的夏天突然衰弱而死。健治推测死因是大量失血，但他不能带她去看医生，所以没有办法。这是阿娜的命运，健治想。阿娜说她怀上了孩子，然后总是要健治做一些无论如何也办不到的事，诸如"要钱""要结婚"等。所以，尽管健治觉得没了她会寂寞，倒也不是没了她就不行。谷田部先生似乎也厌倦了这种关系，不再给健治写"今天来一发吧"之类的便笺了。

——听说阿娜怀了孩子，我每天都提心吊胆，怕她的肚子会大到随时可能胀破的地步。但有一天，阿娜肚子痛得直打滚儿，流了很多血后，肚子反而瘪了下去。之后，她就一直卧床不起，也不学习了。床铺被她一人独占，她还总是面色苍白地闭着眼睛，我有点儿烦躁。但如果她死了，就只剩下红色学生书包了，太寂寞了。

——我好说歹说，请谷田部先生帮忙将阿娜的尸体埋在了后院。用铁锹挖土很费时间，谷田部先生焦躁不安地怒吼道：

"健……健治！借个挖土机来！再这样下去，天都要亮了！"

但阿娜小小的，天亮之前两人总算把她埋下去了。谷田部先生很不高兴，之后有一阵子没跟健治说话。健治问他原因，他在便笺上写道：

"你对女人给我温柔一点儿！她这样多可怜啊！"

健治回答：

"对不起呀，谷田部先生。下次我会注意的。"

"你是白痴吗！"

——谷田部先生似乎不知该说什么好，只是怒吼，但他的眼睛里闪着温柔的光。我一定要为温柔的谷田部先生找来猎物。可是，没有哪个成年女人愿意来这工厂的二层。就连阿娜看到我的房间，也是一脸嫌弃地问：

"难道要在这儿做？"

——所以，下次最好找一个小女孩。谷田部先生说不定会因为新鲜而高兴，我以前和阿娜一起学习的时候也很开心。要是找来一个小女孩，我一定会疼她，和她一起快乐地生活。

- 6 -

　我读高中时写的小说中，不曾提及发生在我身上的事。那部小说讲的是在我被诱拐之前健治和谷田部先生的关系，以及那段扭曲的关系导致的一个女人的死。一个女高中生竟然写出如此富有性张力的异色故事，这一事实令世人疯狂。我在写作时十分小心，没有提及可能与案件相关的人和信息，避讳所有的媒体采访，只提供了一张模糊的照片，因此也没有人把小说中的故事和我的诱拐监禁案联系在一起。就连同班同学，也没有人发现"小海鸣海"就是我。世人不过是通过一个人的外在形象和行为举止，去含混地推量他的人品罢了。即使我向世间宣告，朴素而低调的我实际上欲望充盈，夜夜在心中堆叠有毒的幻梦，只怕也没有人相信。为我获奖而喜悦的母亲，读过我写的小说却陷入了沉默。大概是她发现我的心已被妄想填满，隐隐感到脊背发凉吧。我这样一个孩子，被无法改写的记忆侵占；引发这一切的案件也无法抹除，这些都令母亲苦恼并绝望。我与母亲至今难以填补的龃龉，也许就是从那时开始的。母亲后来再婚，我们现在几乎没有来往。

"小海老师，恭喜你！"

小说获奖的热度渐渐退却，我若无其事地升上高中二年级。四月的一个傍晚，在公寓的自行车棚前面，宫坂出其不意地叫住了我。那天随时都要下雨，天气阴冷，我身上潮乎乎的，匆忙走在路上，想要赶快回家。那段时间，出版社邀我创作获奖后的第一部作品，我一心扑在写作上。宫坂突然冒出来，吓了我一大跳。我从自行车的车筐里把书包往外拎，书包竟然滑了出去。宫坂用健康的那只手托住了我的包。这时，我的手碰到了宫坂的义肢。橡胶材质的义肢硬邦邦的，还带着温度。我惊讶不已，不由得抽回了手。

"它是温乎的吧？"宫坂没有一丝尴尬的神色，"因为里面有血流过。它是我身体的一部分哟。老师，下回把我也写进书里吧。"

宫坂怎么会知道小海鸣海是我？我心慌意乱。

"你重获新生了，一定要为你庆贺一下。我是特意为此从四国的山里赶过来的。"

宫坂发黑的义肢手指摩挲着他弯刀似的下巴。

"你怎么知道那小说的作者是我？法庭上根本没提到谷田部先生的事啊。"

我抬头望着暮色四合的天空，试图找回一丝平静。雨刚停，樱树长出的鲜绿色新叶浸润着双眼。一棵染井吉野樱繁茂的枝条仿佛要压在自行车棚上，让我想起 T 川河岸上盛开的樱花大道。

"我怎么可能不知道呀。其实，我的想象和你写的小说很像。我也一直认为谷田部和安倍川之间肯定有一腿，怀疑他们是共犯呢。不过，安倍川什么都不说，谷田部又消失了，证据也找不到。根据已有证据写的检方调查记录中的故事，和我脑子里奇形怪状的故事完全不一样。每接手一起案件，我都为心中涌起的想象而苦恼。你那起案件，可是令我相当兴奋呢。我编了好几个故事，总是编好又推翻、编好又推翻。"

愉悦。原来我的小说再一次点燃了宫坂的想象之火。我远望公寓楼上母亲和我的房间。母亲忘记收的衣服还挂在窗外。

"上次我打电话告诉您，我发现了谷田部先生，您不是只说了一句'会通知警方'吗？"

宫坂焦急地解释道：

"你知道的呀，我渴望的并不是真相。"

"那是什么？"

"是逼近真相的想象。我想要的，一定是滋养想象的材料。所以，安倍川和你缄口不言，我其实也很开心。"

我沉默着，给自行车上了一道简陋的锁。宫坂特意大老远跑来，在自行车停车场等着我，竟然只是为了这些。感受到他的执念，我不禁毛骨悚然。我和宫坂都在那起案件中失去了某些东西。这或许就是宫坂以前对我说过的"现实的真相"。我们的灵魂被想象夺走了。宫坂继续说道：

"《犹如泥泞》里，没有写到你自己的事呀。让我听听你真正的故事吧。我就是为了听这个来的。"

"要在这里讲这些吗？"

一个上完课外班回来的小学生来停自行车，狐疑地望着我们。"那我们走一走吧！"宫坂邀请我。我提着学生书包，往与车站相反的方向走去。宫坂与我错后半步，跟在后面。我们走进公寓后面的一座小公园。雨后的公园里，积了很大一摊水。

"宫坂先生，"我转过身，"我会告诉你一些事情，你也要告诉我一些。"

"好啊。你要听什么？"

"你的左手是怎么回事？"

一阵冷风吹来，掀起了宫坂的大衣边角，他用右手压了压。

"好吧。你听了可不要被吓到。那是我五岁的时候被母亲砍断的——从手肘往下的部分。母亲痴迷于邪教，听说她深信有恶魔附在我的左手上，便发狂地用砍刀砍了下去。幸亏在邻居家的祖父听到了我的惨叫，冲进家门，及时将我送医，否则我就会因大出血而死。要问我是否痛苦，我倒并不觉得。因为左手的欠缺成了创造故事的出发点。我觉得，你的遭遇也会令你编织出一些故事。我想得没错吧？遭遇过不幸的孩子，必然会试图用某种东西来填补精神上的缺失或心灵上的创伤，一切就从这里开始。所以，欠缺反而成了一件好事。否则，我们就不可能活下来成为大人。你比同龄人看上去成熟，而且对谁都不愿倾诉。迟早有一天，你会说出真相，不，会将它们变为文字。我一直由衷地期待着。"

"知道了真相，又能怎么样呢？"我喃喃自语。

宫坂指着沙坑旁边的单杠：

"所谓的真相是最难的吧。因为平衡感不好，我玩不了单杠，小时候大家也不让我玩滑梯。于是，我就展开了天马行空的想象：幻想中的单杠、梦中的秋千和滑梯。它们多半和实际的样子不同，会有些出入。因为你说出了真相后，我又会想象你的想象和真相之间的那道沟壑，这样一来，想象就可以无边无际地延展。所以我想知道真相。"

原来宫坂也是一个欲望充盈的人。我避开水坑，将书包放在地上，伸手摸了摸被雨淋湿的单杠。一股铁锈味儿从鼻尖飘过。

"你这样做，是为了开心？"

宫坂认真地点头。

"当然了。人类要是失去了想象力，会变成什么样呢？更何况，我已经将这种能力扩展了很多。"

"我曾对健治说过，让他去死。这句话，你真的转告给他了吗？"

"转告了呀，但我对你说了谎。我告诉安倍川，你叫他去死之后，他很开心地回答：我会去死的。可是后来，你又改口要他活下去赎罪，他听了很震惊。你为什么要这样说呢？"

该震惊的人是我才对。健治竟然更希望我要他去死。宫坂窥探着我的反应。我昂然抬起头。

"好了，轮到我说了。我觉得，健治拐走年幼的我后，应该向谷田部先生汇报过，说自己捕到了新的猎物。但是，谷田部先生知道这是诱拐，于是责备健治，向他发火：'你这是严重的犯罪！这件事与我无关，你赶快把孩子送回去！'但健治已经不听谷田部先生的话了。"

说完，我立刻捕捉到宫坂眼中好奇的光芒。

"你是说，安倍川脱离了谷田部先生的束缚？"

"是的。健治在控制阿娜的过程中，对谷田部先生的态度慢慢发生了变化。他发现听谷田部先生的话其实很无趣，并且决定独自占有我。所以，他径自开始饲养我，就像饲养别人不要的小猫或流浪狗。健治知道谷田部先生晚上会偷看，所以只在白天让我脱衣服。健治是在报复谷田部先生。"

"他让你脱衣服了啊。除了这个，他什么也没干吗？"

"他看着我做那种事。仅此而已。他的行为当然让曾经的我厌恶至极，但除此以外，他什么都没做。虽然我挨过打，但晚上他还像同班同学一样，和我一起学习，陪我聊天。"

"你们是好朋友呀。"

宫坂用恶作剧般的眼神望着我，好像在说：你看，果然如此。我早就这么说过！但我并不介意。

"没到好朋友的程度。健治不傻，但他有软弱的地方，显得我很强势。如果我再长大一点儿，或许能让健治对我唯命是从。"

只是，我没能等到那一天。我望着单杠下面深深的积水中树木的倒影。

"唯命是从？真有意思。"宫坂喜不自禁地笑了，"那么，教科书上那个名字——'太田美智子'——到底是谁写的？是安倍川吧？"

"笔迹不同，多半是那个菲律宾女人写的。"我摇头，"健治会写字。但教科书上的名字和他的字迹不一样。在发现壁橱里的学生书包和教科书时，我害怕极了。不过，后来我开始想象另一个女人以前如何在那里生活，靠想象战胜了恐惧。宫坂先生说得没错，想象会孕育恐惧，也可以战胜恐惧。"

"你当时为什么不告诉我呢？有关案件的真相，你为什么没对任何人说过？成为他人想象的对象，一定令你感到屈辱。对这一点，我也深有感触。我的左手也使我无法逃脱他人的想象。可是，难道我就不能帮助你吗？是什么原因让你对他人如此不信任？"

宫坂的声音中含着愤怒。

"因为宫坂先生也会展开想象吧。"

"说得也对。"宫坂长叹了一口气，随后自嘲地笑了，"你拒绝被人想象。"

"对曾经的我来说，谷田部先生如同神祇。我以为隔壁的人一定会来救我。可后来我发现，谷田部先生竟是健治的共犯，这令我大受刺激。没有人能明白那种如坠深渊的绝望。经历了向他人倾诉也毫无用处的事，任谁都会如此吧？宫坂先生的母亲后来怎么样了呢？"

"她还活着。我们住在一起。母亲每天都在向我道歉。"

宫坂若无其事地耸了耸肩。他的脸融进黑暗中，我看不清楚他的表情。母亲马上就要回来了。天已经彻底黑下来，又有零星的雨落下。

"我得回去了。"

我拎起地上的书包，宫坂走过来，朝我伸出手，是那只义肢。

"握个手吧，我们这两个说谎的人。"

我吃惊地抬头看着宫坂。他的眼中没有笑意。我攥住了义肢，它已不再温热，还被雨打湿了。那以后，我再也没见过宫坂。

即使我死了，这部书稿也要留在电脑里——我以前这样写过。然而，如今的我无论如何都要写下事情的真相。我今天依然如往常一样，望着二十五年前从本子上撕下的纸屑，读着前几天收到的健治的来信。"我想，我也不会原谅您。"健治，我也不会请求你的原谅。尽管我记录的都是眼睛看到的东西，尽管我以贩卖文字为生，文字无法记录的真相却不停地拍打着我的心门。被唤醒的感情令我无法顺畅地呼吸。

我在这部书稿的开头，写了自己当年和健治的日常生活。我十岁时被健治诱拐，被他殴打、胁迫，然后在他肮脏的屋子里禁闭了一年。健治性情无常，白天凌辱我，夜晚却温柔地向我示好。这些记述都不假，可我不曾详细地写过自己情绪的变化。我与健治之间，渐渐培养起了不同寻常的感情。我要写个清楚明白：我喜欢上了健治。健治去上班的时候，我会焦急地等他回来。和健治一起度过的时光让我开心。如果你们认为，一个十岁的少女和二十五岁的男人之间不可能存在恋情，那就大错特错了。由于被禁锢在密室中，我恋上了健治。我想象假如健治是自己的恋人，日子该多么幸福，并在这样的想象中渐渐将自己封闭在幻梦里。人的心怎会发生这样不可思议的变化呢？从我爱上健治的那个瞬间开始，那个房间就成了专属于我和健治的王国。健治每天晚上都会抱着我，在我耳边低语：

"快点儿长大吧，小美。这样，我们就能成为真正的恋人了。"

可我无法放弃外面的世界。这是一份只能在密室中成长的爱，我却同样渴望着外面的生活。"太田美智子"的存在也令我挣扎于稚嫩的嫉妒之中。我给谷田部先生写信，就是昭然若揭的背叛。健治明明是想保护我不受谷田部先生的伤害的。随后，健治没有告诉任何人自己与我相爱，度过了二十二年有余的牢狱生活。

健治当然不会原谅我。但如今的我也只有拥抱着无法写作的自己，努力活下去。我的想象力看似已经枯竭，其实它深厚无比，超越了我的表达，背叛了我本身。因此，我即使仍旧憧憬那个王国，却再也无法得到它了。我要再写一次：我就算是死，也要将这部书稿留在电脑里，不让任何人看到。这是我唯一的救赎。

文潮社出版部图书编辑

史萩义幸先生

敬启

感谢您前日特意打电话来，实在不好意思，让您担心了。妻子尚未和我取得任何联系。

正如您说的那样，我也猜测妻子是去找安倍川健治了，于是向保护司打听此事。对方说不存在这样的事，安倍川似乎仍然在医院做勤杂工。当然，我已经向警方提交了寻人申请。

您说读完妻子的原稿很受冲击，我想您的反应是很正常的。我也知道，您是和妻子共事时间最长的编辑。

您上次说，这份书稿也许是妻子的非虚构手记。但我冒昧地认为，它到底还是一部虚构的作品。您应该也发现了，尽管对于事件的记录大体正确无误，但毕竟有几处情节是虚构的。

虽然我对出版界的了解不多，但妻子作为一名现役职业作家，勉强算是成功、活跃的吧？她在稿子中以"才华枯竭的作家"身份自居，这或许是她本人才有的一种预感。但我认为，那似乎是一种写作技巧，为的是衬托小说后半部分提到的"夜晚的幻梦"，使其更加栩栩如生。抱歉，在小说方面我是个外行，也许是班门弄斧了。

另外，案件发生后，妻子的父母虽然离婚，但妻子与母亲的关系并未疏远，两人至今仍有联系。可是，妻子的母亲最近身体抱恙，所以我尚未对她提及有关妻子失踪的事。

依我对情况的把握来看，妻子对案件本身进行了加工，编造了富有魅力的谎言，谈不上忠实于原案，也不至于篡改了真相。她一丝不苟地描摹了人物心理，却有意隐匿了许多故事的背景。但她竟然道破了一些本不该为她所知的真相，这可怕的事实令我也不寒而栗。我不清楚妻子身为小说家的才华究竟如何，却深切地感到，本该是"夜晚幻梦"的妄想孕育了真相、滋养了真相。

您说过，《残虐记》中迷雾重重。其中一个不解之谜，就是那天晚上妻子上完芭蕾舞课后为何要去 K 市。

从妻子当时居住的小区的车站到 K 市的终点站，要花二十多分钟车程。跨过夜色中的大河，去一座事先几乎毫无了解的陌生城市，这对一个小学四年级的女孩子来说，无疑是一场大冒险。而且就像《残虐记》中描写的那样，当年的K市是粗俗的工人们的城市。夜晚的繁华街区动辄有争斗发生，同样是一个危险的地方。妻子怎么会只因为不想见到神经质的、总发出刺耳声音的母亲，因为不想回家等微不足道的理由，就走向一个陌生的街市？这对我来说也是一个很大的谜团。

因为妻子决意不说，我之前问过她的母亲。岳母犹犹豫豫地告诉我，当时，她得知丈夫在K市有了女人，一直焦躁难安。有一次，她丈夫借口去K市看看河岸的樱花，带着正在读小学二年级的妻子去见了那个女人。后来，妻子去上芭蕾舞课之前，岳母便信口对她说："你回家前去一趟K市，把你爸爸从那个女人那里带回来。你见过她一次，应该认得吧？"岳母消沉地说，她当然没想到妻子真的会去。听说那段时间，岳母整日喝得醉醺醺的。

您也发现了，在阅读《残虐记》时，总能有意无意地感受到妻子对其母亲的反感和对其父亲的轻蔑，小说中却不曾详细描述妻子的父母当时的境遇。妻子的母亲因丈夫有外遇而烦恼，成了酗酒的主妇；妻子的父亲很少回家——这些情况书中都未曾提及。

妻子的父亲和K市自行车店的老板娘再婚了。妻子和他似乎没有任何联系，但我曾见过他。那是一个做事谨小慎

195

微，却温柔敦厚的善良人。他仿佛隐隐约约知道妻子当年去K市的缘由，认为也许是岳母对妻子说的话让年幼的妻子感受到了身上的责任。当年他带女儿看樱花时，自行车店的老板娘好像也在场。他难过地说，那件事情令他痛心疾首。而这一切，在法庭审判中都未触及。

另一个谜，就是谷田部这个人了。照妻子说的，她确实遇见过一个像是谷田部的人，但谷田部很快便辞去了小学的工作，下落不明。我不清楚谷田部和安倍川之间的关系，究竟是否像妻子在《犹如泥泞》中写的那样。当年的建筑已经不复存在，谷田部是否在他房间的壁橱上挖了一个空洞来偷窥？我们也不得而知。假如这部分内容也是真的，那么妻子当年承受的伤痛之巨大，恐怕是她身旁的人和任何成年人都无法理解的。

不过，后来我听说了一件奇怪的事。当年，K市的街头巷尾秘密地流传着一种说法，说那个下落不明的女孩其实住在钢铁工厂。这则谣言主要在一些做非法勾当的人——也就是那些跟黑社会有关系的人之间流传。我效仿妻子的做法，也让自己的幻想尽情地驰骋，编织起有毒的夜晚幻梦，于是得到了以下的内容：

钢铁工厂的社长夫妇和谷田部三人，也许知道妻子被囚禁一事——这便是我可怕的想象。我甚至怀疑，谷田部房间的偷窥孔洞成了他们的赚钱工具。这诚然是邪恶的成年人的想象，但也不是没有可能。再有就是，安倍川或许也不过是被他们三个利用的工具。杀害那个菲律宾女人，并将她埋在钢铁工厂的后院一事，很难说与这三个人毫无关系。听说那起案件之后，钢铁工厂的社长夫妇关闭了工厂，卖掉那块土地搬了出去。至此，人人无从知晓的"真相"已经澄清，但和妻子一样，它的种子却在我的大脑中萌发了新芽。

安倍川的任务原本是要以成年女性为目标的，他却依照自己的喜好绑架了还在上小学的妻子。那时，钢铁工厂的社长夫妇和谷田部都很头痛。如果是成年的外国女性，即使失踪也总能找到理由，但假若监禁一个上小学的女孩，那就成了性质恶劣的重大犯罪案件。他们只好假装对此毫不知情。被他们戏弄、指使惯了的安倍川，得到了属于自己的"可爱的小东西"，兴许渐渐对他们起了反叛之心。说不定解救妻子的不是社长夫人，而是安倍川。安倍川发现了妻子写的求救字条，找了一个合适的时机，拜托社长夫人假装发现了她——这种推测也有可能成立。

在我看来，安倍川信中那句"您不必原谅我，我想，我也不会原谅您"或许是他对担下全部冤罪的抗议。

史荻先生也许会感到疑惑，为什么我对妻子的案子如此熟悉呢？您在电话中也曾委婉地问过，我是怎样了解妻子的案件，又是在哪里、如何与她结婚的。当时，我含糊其词，实际上，我也是《残虐记》中的登场人物。

那个叫宫坂的独臂检察官就是我。我想，这样一来您大概也能明白，为什么我一定要认为那起案件是我自己的事了吧。

小时候，我因交通事故失去了一只手。《残虐记》的写法是："那是我五岁的时候被母亲砍断的——从手肘往下的部分。母亲痴迷于邪教，听说她深信有恶魔附在我的左手上，便发狂地用砍刀砍了下去。"很遗憾，如此戏剧性的情节未曾在我真实的人生中发生。我是福岛县一个普通家庭的儿子，我的父母都是老师。

《残虐记》中对于检察官形象的描写，和我的真实状况大体相同。妻子写道，我思考案件时会感受到"愉悦"。确实如此。我对妻子的案件兴趣极为浓厚。在刚开始负责这起案件时，因为它名声在外，我曾怀着幼稚的功利心态想要将它弄个水落石出，好让自己一跃成名。然而，事情并没有那么简单。当我见到身为受害人的妻子时（妻子那时十一岁，以下写为"景子"），我开始希望了解案件的真相。

我想知道，二十五岁的犯罪嫌疑人安倍川健治和一个十岁的孩子，是怎样度过了那一年多的时光。这样的经历给景子带来了怎样的变化？这个名叫景子的孩子披着好几层厚厚的铠甲，决不让人看到她的内心。那个男人对她做了什么？他人卑劣的妄想宛如花洒中的水一般浇在景子身上，她渐渐变成了一个表面遮着一层神秘面纱的少女，给人留下外貌模糊不清的印象。我对她的怜悯之情，很快便被那层厚厚的面纱推了回来。我感受到她的拒绝，觉得她是一个怀着深深愤怒的孩子。不可思议的是，连我也被她的愤怒微微牵动了。那当然不是源于单纯的正义感。说得夸张一些，大概算是对世人所作所为的一种憎恨吧。我不清楚景子是否明确地感受到了这一点，但我确实感受到了。景子是一个能挑动人们心中晦暗情愫的孩子。究竟是那起案件赋予了她这种特质，还是她与生俱来的特质引发了那起案件？我的兴趣逐渐由案件转移到景子本人身上。

"不，这要看景子的意思哟。毕竟那时候你成了他的玩偶，根本无法拥有自己的意志。"

这是宫坂，也就是我的台词。我至今仍记得当时的情景，景子听到我这句话后，扑簌簌地落下大颗的泪水。我的内心闪过片刻的雀跃，认为自己抓住了景子愤怒的实质。自己是一个成了玩偶的小孩——即使我这句话不说出口，人们心里也都是这么想的，事实便是如此残酷。而我的做法又多么糟糕啊：年仅十一岁的景子保持缄默，不让我们查明案件的真相。我为此而气愤，主动向她发起了攻击。那是一起谜团重重的恼人案件，假如受害人景子什么也不说，案情就不可能水落石出。我因此而愤怒。当年的我也并不成熟。

在审问被告安倍川健治的时候，我惊讶地发现，自己面对安倍川时，和面对景子时的状态很相似。安倍川也有对某种不为所知的事物的深深愤怒，他也用坚固的铠甲包裹住自身，来掩藏这种愤怒。听说安倍川的智力发育迟缓，但鉴定结果表明，他的智商正常，只有语言能力显著低下。他的律师出具了一份精神鉴定证明，称他是恋童癖，法院接受了这份证明。但我对此持怀疑态度。因为我坚信，景子和安倍川之间不曾发生实质上的性关系。并非因为是景子的丈夫，我才这样一厢情愿地认为。恐怕有人会想：既然如此，景子在《残虐记》中提到的健治的那些事又是怎么回事呢？我觉得，那也可能是景子编造出来的。

安倍川来自北海道日高支厅，正如《残虐记》中写的那样，他上小学时福利院发生了火灾，烧毁了所有相关的记录，没有人知道他准确的年龄和出生地，也没有人知道安倍川自那以后过着怎样的人生。据其本人的供述，他的成长过程似乎就是从一个工厂的员工变成另一个工厂的员工的过程。他十八岁时来到 K 市的钢铁工厂，之后的七年都住在这里工作。

至于谷田部，也就是谷田部增吉是何许人也，我们始终没有查清。"谷田部增吉"是他留在钢铁工厂简历上的假名。谷田部和安倍川几乎是同一时间住进钢铁工厂的，所以《残虐记》最后对《犹如泥泞》的记述说不定是真的——跟随谷田部辗转于各个城市的安倍川，也许和谷田部形如父子。谷田部是此案的关键人物，警方却让他逃了。

　　景子和安倍川，这两个成长方式完全不同的人，构筑起了一个怎样的世界？我很好奇那个世界的样子。景子写道："宫坂既有和健治共通的快乐，又有和我共通的好奇心。也许，宫坂能够成为连接我和健治的人。"我当时的确沉溺于这起案件中不能自拔，就像自己也被它卷了进去似的。

　　这起案件之后，我依然过着检察官的生活，很久都是独身一人，七年前转行成了律师，在横滨开了一间事务所。就在这时，我下定决心和景子联系。我比景子大二十一岁，她却出人意料地接受了我的求婚。景子一生都想忘记那起案件，却始终未曾忘却，因为那起案件成了她写作动力的源泉。而我也和她一样。我们双方就像是与那起案件结了婚。

　　我爱着我的妻子，我为她从我身边逃离而悲伤。然而，妻子作为一名小说家，却不能承受世人可怕的行为。这种可怕的行为便是想象。我想象着邪恶的人们将还是孩童的妻子团团围住，不动声色地享受着这一切。如果妻子觉得我便是那个最可怕的人，那只能说她太脆弱了。我也想对妻子说："您不必原谅我，我想，我也不会原谅您。"

最后竟不由自主地写到了自己的私事，真是多有叨扰。但这些内容，想必也能大致对史萩先生的疑问做出回答了。暂且写到这里，祈祷景子平安。

书不尽言，就此搁笔。

生方淳朗

读客®
悬疑文库

认准读客读悬疑，本本都是大师级。

专注出版中、英、美、日、意、法等世界各国各流派的顶尖悬疑作品。

为读者精挑细选，只出版两种作品：
经过时间洗礼，经典中的经典；口碑爆表、有望成为经典的当代名作。

跟着读客悬疑文库，在大师级的悬疑作品中，
经历惊险反转的脑力激荡，一窥人性的善恶吧。

打开淘宝，扫码进入读客旗舰店，
下一本悬疑更惊奇！

读客悬疑文库
读客®